KB104583

영과 영원

영과 영원

신주희 장편소설

교유서가

차례

1

해나

내 이름은 해나(海娜), 그 여자의 이름은 경희(憬姬)였다.

원효로 1가 12-12. 여자가 마지막으로 머물렀다는 시립자
제원 행려병동 자리에는 이제 용산경찰서가 들어서 있었다.
슬라이드 자료가 딸깍 소리를 내며 다음 페이지로 넘어갔다.
여자의 인터뷰 사진이 떠 있었다. 유서 같은 얼굴이었다. 유부
남 시인과의 첫사랑, 갑작스러운 그의 죽음, 절망에 빠진 여자
를 향한 절절한 구애와 그뒤에 겪은 불행이 그의 표정 속에 고
스란히 담겨 있는 듯했다. 무엇보다 여자의 눈이 그랬다. 흑백
사진인데도 어쩐지 맹렬한 빛을 발하는, 더는 아무것도 감추
지 않겠다고 선언하는 느낌이었다. 그 때문인지도 몰랐다. 여
자가 썼던 글과 그린 그림들이 슬라이드로 넘어갈 때마다 해
나는 불에 타고 남은 잿더미를 떠올렸다. 코끝이 간지러웠다.

75년 전 행려병동의 축축하고 시큼한 냄새를 상상한 탓인지, 간밤에 마신 술 때문인지는 알 수 없었다.

화면 속의 여자, 나경희는 화려했던 이력 따위가 통하지 않는 행려병동에서 녹슨 철제 침대처럼 생을 마감했다. 여자들이 댕기를 드리고 다니던 시절 러시아 설원을 가로지르던 여자라고 윤책임은 힘주어 말했다.

"자, 상상해보라고. 구한말에 쇼트컷에 바지를 입고 파리 튀일리정원을 거니는 거야. 지하철도 보고. 마차와 가마가 다니는 조선에서는 상상도 못 할 일이지. 뮌헨의 축제, 거기서는 또 어땠을까? 인파 속에 떠밀려 다니다가 처음 본 남자와 진하게 입도 맞추는 거야."

건성으로 고개를 끄덕이던 해나는 갑자기 몽롱하던 정신이 번쩍 드는 기분이었다. 노골적인 윤책임의 농담도 어처구니없었지만 그보다 간밤의 어떤 순간이 머릿속에 스쳤기 때문이다. 하이볼과 칵테일, 귓가에 울리던 댄 파버의 〈돈터치〉 리듬이 흐릿하게 되살아나는 것 같았다. 술을 사주기만 하면 해달라는 것은 다 들어주는 이상한 버릇이, 쿰쿰한 클럽 화장실 앞에서 낯선 남자와 입을 맞추던 기억이 점점 더 선명하게 떠올랐다. 정작 처음 본 사내와 입을 맞추던 이는 75년 전의 나경희가 아니라 어젯밤의 해나였다.

"해나님!"

윤책임이 못마땅한 표정으로 해나를 보고 있었다.

"여기, 이 부분은 해나님이 제일 집중해야 할 텐데요?"

해나는 얼굴을 붉히며 스크린으로 시선을 돌렸다. 윤책임이 말을 이었다.

"자, 그런데 가장 중요한 건 이 여자가 아직 죽지 않았다는 거야."

윤책임이 마케팅팀을 향해 눈을 반짝일 때 김과 최, 이번 프로젝트에 투입되었던 프로그래머가 조용히 커피잔을 내려놓으며 말했다.

"죽은 게 아니라니요?"

마케팅팀 김대리가 눈을 깜빡거렸다.

"1948년에 죽긴 죽었지. 그런데 놀라운 게 뭔지 알아? 아직 사망신고가 되어 있지 않아."

"아니, 어떻게 그럴 수 있죠? 유명한 여자라면서요."

"무연고로 죽었거든. 소지품도 없이. 그때는 아무도 이 여자가 나경희인 줄 몰랐던 거야. 봐, 당시 관보 광고란에 이런 게 있어."

행려사망(行旅死亡)
신장 4척 5촌, 두발 장(長), 기타 특징 무(無)

해나는 윤책임의 말을 놓치지 않고 '노라 프로젝트'라고 적힌 브리프를 사람들에게 나누어주었다.

"그러니까 나경희는 서류상 아직 살아 있는 셈이죠. 게다가 우리는 이 여자를 당장 만날 수도 있고요. 우리의 새로운 일이 바로 이겁니다. 미술관 챗봇이었던 나경희를 노는 언니로 만드는 거요. 바로, 챗봇 노라로요."

브리프를 받아든 사람들이 고개를 끄덕이며 감탄사를 내뱉자 잔뜩 찌푸려져 있던 윤책임의 미간이 그제야 조금씩 부드러워졌다.

"그런 의미에서 우리의 노라는 참 괜찮은 여자야. 알리시아 같은 타입이랄까?"

"알리시아요?"

해나가 작게 웅얼거리자 윤책임은 "아, 요즘 사람이라 잘 모르는구나" 하며 한쪽 눈썹을 치켜올렸다.

"영화 〈오명〉에 나오는 여자 주인공이 알리시아야. 치명적이지, 엄청. 나경희의 굵직한 스캔들을 좀 보라고. 다 이름깨나 날리던 시인, 소설가, 정치인이었잖아."

"아."

"거기가 셀링 포인트!"

셀링 포인트에 알 수 없는 실소가 터져나오자 윤책임이 해나를 향해 눈을 찡긋거렸다.

"해나님. 아직도 감이 안 와?"

"네? 아, 네."

해나는 마지못해 고개를 끄덕였다.

"불륜, 치정, 이혼, 복수, 비극적인 죽음. 남 얘기 좋아하는 사람들이 즐기는 거 여기 다 있잖아. 게다가 75년 전 죽은 그 문제의 인물을 소환하는 거고. 어쨌든 해나님, 오늘 나온 얘기들은 실수 없이 보완해줘. 지금 나경희는 너무 고리타분해. 전임자 탓만 하지 말고 해나님 타입으로 잘 바꿔보라고."

"제 타입이요?"

"응. 해나님 타입."

이번에는 마케팅 김대리가 풋 하고 웃음을 터뜨렸다. 해나는 떨떠름한 표정을 지었다. 너무 뻔한 식의 접근에 어이없다는 듯 빤하게 올려다보는 눈이 민망했는지 윤책임은 급조한 듯한 주장을 덧붙였다.

"물론, 한 사람의 역사를 다뤄야 하는 일이니까 본질을 왜곡해서는 안 되지. 그렇지만 슬프게도 우리는 한 사람의 역사일지라도 과감하게 상품화해야 하는 마케터들이라고. 파는 사람들이지. 지키고 뭐 그런 일을 하는 사람들이 아니란 말이야. 다들 잘 알아둬요. 이건 일종의 도전 의식이 필요한 작업입니다. 평가 지점이 달라. 분명히 하자고, 이건 엄연히 크리에이티브의 영역이지."

해나는 윤책임의 말대로 '그 영역'을 거듭 확인했다. 하지만 굳이 윤책임의 말이 아니더라도 해나는 자발적인 기획자였다. 사소한 감정에 매몰되어 있다가는 낭패감을 맛볼 수밖에 없다는 사실을 아주 잘 알고 있었다. 고작 0.5미터 전방을 고려한 전략이었지만 1미터를 넘어서는 결코 안전할 수 없는 곳이 회사였다. 윤책임의 농담이 아슬아슬한 줄타기를 해도, 업무 지시가 열린 결말처럼 두루뭉술하게 하달되어도 찰떡같은 결과물을 내야 하는 것이 해나가 해야 할 일이었다.

그러니까 나경희와 더불어 해나가 새로 받아들여야 할 혹독한 운명은 오늘부터일지도 몰랐다. 미술관에서 학습용으로 사용되던 챗봇이 마케팅팀으로 넘어오게 된 것만 보아도 그랬다. 해야 할 일이 까마득했다. 나경희를 처음 챗봇으로 만든 장본인인 임부장도 반강제적으로 회사를 그만둔 상황이었다. 그는 나경희를 좀더 정밀한 대화가 가능한 챗봇으로 업그레이드하기를 바랐지만 회사가 합병과 구조 조정이라는 소용돌이에 휘말리면서 프로젝트는 영 엉뚱한 방향으로 흘러갔다. 교육용 챗봇이던 나경희가 회사를 회생시킬 히든 아이템이 되기까지는 그리 오랜 시간이 걸리지 않았다. 임부장과 라이벌 관계에 있던 윤책임이 프로젝트에 손을 댔기 때문이다.

윤책임의 '아이템' 선별 기준으로 말할 것 같으면 그의 취향을 단적으로 보여준다고 할 수 있었다. 지금의 회사로 이직하기 전 윤책임은 기업용 소프트웨어 개발 회사에서 잔뼈가 굵은 사람이었다. 보따리 장수처럼 프로그램 하나 팔자고 남의 회사 앞에서 문전박대를 당하는 시절이 있었는가 하면 룸살롱과 골프장으로 매일 출근하던 시절도 있었다. 그러나 회사가 게임 개발로 사업 방향을 틀고 그것이 대박 나면서 윤책임의 입지는 내내 휘청거렸다. 그 때문인지는 모르겠지만 윤책임은 매사를 게임에 비유했다. 감기가 걸리면 건강 게이지가 낮아진 것이고, 실적이 좋지 못하면 행복 게이지를 운운했다. 인생을 게임 종류로 치면 런 게임인데, 첫 스테이지가 어떤 부모를 만나느냐 하는 것이라고. 그것이 플레이 그라운드에서 레벨을 좌우하는데, 직원들은 자주 게임 속에 등장하는 캐릭터가 되었다.

그렇기 때문에 윤책임에게 나경희가 최적의 캐릭터로 보인 것은 당연한 일인지도 몰랐다. 그는 나경희의 연애사를 가십의 최고봉이라 여겼다. 그는 다음과 같은 원대한 포부를 밝혔다. 쓸모를 다한 챗봇이지만 업그레이드 이후에는 삶의 철학까지 깊이 있게 반영된 인생 챗봇이 될 것이라고. 물론 거기에는 현실적인 이유도 있었다. 실존 인물인데다 그에 대한 공식적인 자료가 많았고, 결정적으로 자료 저작권에 신경을 쓰지 않아도 되었기 때문이다. 자극적인 소재로 활용이 충분한 나경희의 사생활은 덤이었다. 이혼, 불륜, 삼각관계와 양육비를 둘러싼 소송. 여기에 행려병자로 생을 마감했던 비극적인 죽음까지. 나경희의 삶에 기생하는 각종 이야기 덕분에 윤책임은 나경희를 상품화하는 데 망설임이 없었다. 프로젝트의 이름이 '노라'가 된 것도 그와 관련이 있었다. 노라라는 이름은 나경희가 좋아했던 희곡 『인형의 집』의 주인공 이름이었는데, 나경희가 노라가 된 것은 순전히 '노는' 느낌이 나는 이름의 어감 때문이었다. 윤책임은 이 프로젝트에 자신의 승진은 물론이고 한물간 웹 콘텐츠 회사의 사활을 걸었다.

그렇게 보면 임부장이 나경희를 '노는 언니'로 만드는 일에 반대한 것 역시 당연했다. 윤책임과의 힘겨루기에서 패한 그는 회사를 그만두며 이런 말을 남겼다. 마지막 인수인계를 마친 임부장과 해나 사이에는 곱창전골이 끓고 있었고 그것은 바로 어제 일이었다.

"나경희가요, 19세기 최초의 여성 서양화가이자 문필가, 가부장제 타파와 양성평등을 부르짖던 여자 아닙니까. 내가, 그 이미지가 너무 멋져서 그 시대의 금기를 향해 주먹 쥔 손, 절대로 물러서지 않겠다고 다짐하는 손, 그걸 생각했거든요. 그런데 너무 놀라운 게 뭔지 알아요? 나경희가 스스로를 '손에 제 삶을 쥔 여자'라고 표현했다는 거예요. 근데 윤책임 그 새끼가 뭘 안다고. 그런 나경희를 어쩌면 그렇게 함부로 천박하게 만드냐고요."

해나는 고개를 끄덕이며 곱창전골을 덜어 임부장에게 건넸다. 그의 하소연을 듣는 동안 해나는 미간을 자주 일그러뜨렸다. 딱히 그의 말이 와닿지 않았기 때문이다. 그보다 윤책임이 알려준 해고 사유, 근무 태만이라는 단어가 더 설득력 있게 다가왔다. 해나는 한 번씩 건성으로 고개를 끄덕이다가 임부장이 내민 빈 잔에 소주를 채웠다.

"내가 나경희를 챗봇으로 키웠잖아요. 데이터를 주면 노라가 그걸 먹이처럼 먹어요. 그리고 몸집을 키우죠. 다리도 생기고 팔도, 심장도, 뇌도, 가슴도. 데이터가 플랑크톤처럼 떠다니고 노라가 그걸 먹고 자라는데, 뭘 먹느냐가 얼마나 중요하겠어요. 쉽지 않을 겁니다. 회사 말대로 나경희를 노라로 바꾼다는 건. 뭐야, 말하다보니 내가 무슨 양식장 주인 같네."

그때부터였다. 생각해보니 임부장의 말대로 그것은 양식장의 치어가 성어가 되는 과정과 흡사했다. 노라로 변신을 꾀하고 있는 나경희는 이미 데이터마이닝과 딥러닝을 통해 수천, 수억 개의 에피소드를 새끼처럼 거느린 상태였다. 그렇다면 노라는 살아 있다고 말할 수 있을까? 해나는 알 수 없이 마음이 불편해졌다. 어설프고 불확실한 마음이 드는 것은 확실히 경계해야 했다. 해나는 취기에 흐릿하게 눈을 깜빡이는 임부장에게 이렇게 말했다.

"저기요, 부장님. 양식장 주인은 안 바뀌어요. 부장님이나 나는 그냥 양식장 산소통이고, 펌프고, 사료고, 뭐 그런 거라고요."

프린트와 스크린을 번갈아 보던 해나의 목덜미에 식은땀이 흘렀다. 임부장의 영양가 없는 한탄 때문인지도 몰랐다. 나경희를 핫한 아이템으로 바꾸어놓아야 하는 해나는 자꾸만 이상한 죄책감에 사로잡혔다. 자신이 알 수 없는 무언가를 훼손하고 있다고 느꼈다. 한 사람의 생각을 이렇게 무게 없이, 맥락 없이 편집해도 되는 것일까 하는. 하지만 기계로 재현된 인간에게 어떤 마음을 가져야 하는지, 솔직히 마음이란 것을 갖는 것이 맞는지조차 판단할 수 없었다. 그때마다 해나는 주의사항을 떠올리듯 "각설하고"를 외쳤다. 앞으로 해야 할 일을 깊이 생각하지 말자고 다짐했다.

그 "각설하고"를 외치고 달려간 곳이 혼자 자주 들르던 바였고, 그곳에서 남자를 만났다. 클럽에 갔고, 그다음 순간 흐릿하게 생각나는 장면이 화장실 앞 키스였다. 해나는 고개를 내저었다. 지금은 근무시간이었다. 해나가 하는 일은 데이터마이닝으로 알고 보면 자료 연결 정도가 되겠지만 사람들은 해나가 하는 일에서 무언가 더 근사한 이미지를 떠올렸다. 그러나 해나는 "마이닝"이라고 말하는 사람들의 표정을 보며 손바닥이 축축해지는 것을 느꼈다. 정작 자신은 컴컴한 막장에 들어가 차갑고 무거운 수레를 채우는 기분이었다. 갱도 밖으로 나가도 어쩐지 밝고 명랑한 미래는 자신의 것이 아닌 듯이 느껴졌다.

어찌 되었건 나경희는 이제 1920년의 과거에서 떠나 미래의 프로그램 속을 활보할 예정이었다. 그러므로 노라로 명명된 여자가 구사하는 말은 그 범주에 충실한 이야기여야 했다. 해나는 윤책임을 안심시키기 위해 몇 가지 구체적인 마케팅 항목을 소개했다. 소개팅 성공 확률이 높은 장소에 대한 소개라든가 한눈에 상대를 파악하는 몇 가지 팁, 스킨십 진도를 빠르게 빼는 방법과 나쁜 남자 혹은 여자를 길들이는 요령 등. 그것은 해나가 할 수 있는 질문이었고 나경희의 대답은 사랑의 진위를 따지는 '본질의 영역'이 아니라 분명한 '세속의 영역'이어야 했다.

회의를 마친 해나는 자리로 돌아와 주변 정리를 서둘렀다. 더 지체하면 오재와의 약속에 늦을지도 몰랐다. 어제부터 답하지 못한 메시지가 벌써 여러 개였다. 막 재킷을 걸치고 가방을 챙겨드는 순간 스마트폰 벨이 울렸다. 낯선 번호였다. 어딘지 불길한 느낌의 번호가 끊길 듯 길게 이어졌다.

2

마나

"마나(媽娜)입니다. 해나의 엄마고요."

마나는 늘 자신을 이렇게 소개했다. 마나란 이름의 마(媽)는 어머니란 뜻이기 때문이다. 그러나 마나는 그 사실을 자주 잊었다. 다른 생각을 많이 하기 때문이다. 바로 섬에 관한 것이었다.

마나는 아주 오래전 머물렀던 바람으로만 이루어진 섬을 생각했다. 자주, 거의 매일 생각했다. 그 섬의 이름을 말하면 입술에서도 회오리가 이는 것 같았다. 물론 섬의 모든 것을 바람이라고 말하기에는 무리가 있었다. 섬에는 섬에 어울리는 작은 마을도 있었고 마을 끝에는 푸른 부표가 떠 있는 해변과 검은 빛깔의 바위 언덕도 있었다. 언덕 서쪽으로는 속이 빈 갈대숲도 있었다. 허리에 채 닿지 않는 높이의 덤불이었지만 그곳에서는 공룡 발자국만한 간헐천이 미지근한 안개비를 뿌리기도 했다. 서로의 체온에 기대 잠이 드는 염소들의 목장과 몇 년 동안 단 한 명의 손님이 전부였던 게스트하우스도 있었다. 그래도 마나의 기억에 섬 전체를 점령한 것은 바람이었다. 어느 방향에서든 바람이 불었고 바람 때문에 마을의 모든 건물과 도로는 관악기처럼 얇고 긴 소리를 냈다. 그곳 사람들은 눈이 올 때도 창밖으로 소용돌이치는 눈보라를 보며 "눈이 오네" 하는 대신 "바람이 부네"라고 했다. 바람은 수시로 그 섬이 자신의 영역임을 확인시켜주곤 했다.

겨울의 소에 해변은 마나에게 가장 안전한 장소였다. 마을에서 꼬박 1시간을 달려야 검은 빛깔의 화산재 해변에 도착할수 있었다. 돌조각이 검은빛으로 반짝이는 바위에 옷을 벗어놓은 마나는 팔과 다리를 활짝 벌려 섬의 바람을 맞았다. 짭조름한 바다 냄새를 들이마시던 일과 잠수 슈트 속으로 파고드는 얼얼한 추위. 15분씩 네 번, 마나는 겨울에도 1시간 이상 차가운 물속에 머물렀다. 마나의 머릿속에 망설임 없이 뛰어들곤 했던 차가운 바다가 서서히 차오르고 있었다. 마나는 귀가 먹먹해지는 절대적인 고요 속에서 스스로를 믿을 수 있었다. 가장 어둡고 깊은 바닥에 가라앉을 수 있었다. 빛도 들어올 수 없는 어둠 한가운데에 발을 디딜 때는 컴컴한 절망에도 끝이 있으리라는 막연한 희망을 가지곤 했다. 그뒤에는 상당한 평화가 찾아왔다. 바닷속은 섬에서 도달할 수 있는 가장 안정된 곳이었다. 아무것도 들리지 않는 묵음의 세계.

하지만 그곳에도 끝이 왔다. 바다가 몸속으로 들어왔기 때문이다. 아기를 가진 것을 알았을 때 마나는 그렇게 생각하기로 했다. 뱃속에서 출렁이는 물과 작은 섬 하나를 떠올리며 스스로를 다독였다. 소문대로 되었으니 소문대로 살아갈 수밖에. 아기를 낳을 생각이었고 다시는 섬으로 돌아가지 않겠다는 결심이 있었다. 파도에 떠밀리듯 섬을 떠난 마나는 육지에서 해나를 낳았다.

그것도 벌써 20년이 훨씬 지난 일이었다.

섬을 떠올리는 마나의 몸이 사선으로 기울어졌다. 산비탈처럼 휘는 물결에 균형을 잡는 사람처럼 마나는 허공을 향해 손을 뻗었다. 물속에 오래 잠겨 있던 사람처럼 손등에는 어느새 주름이 쪼글쪼글했다. 소용돌이처럼 몰아치는 기억 속에서 마나의 눈은 상상 속 파도의 측면을 좇고 있었다. 성급한 파도를 살살 달래자 동굴처럼 깊게 말린 파도 속에서 잘게 부서지는 물방울들이 그의 뺨으로 차갑게 떨어지는 것 같았다. 마나는 순간적으로 자신이 바닷속에 있다고 생각했다. 그의 몸이 흥분으로 짧게 떨렸다. 이제 마나가 즐겨 하는 일은 그것이 전부였다. 가장 평화롭던 한때를 곱씹을 수 있을 만큼 곱씹는 것.

시간은 그래야 겨우 흘렀다.

　마나가 시간을 보내는 일 중에는 자신의 고통에 대해 적는 것도 있었다. 고통은 마나가 가장 잘 아는 것이기도 했다. 무엇보다 그것의 힘에 대해, 외부를 변화시키지 않으면서 내부를 파괴하는 괴력에 대해. 그런 것을 적을 수 있다는 사실을 알려 준 이는 규선이었다. 규선은 고통이란 보험 약관에 적힌 작은 글씨 같은 것이라고 했다. 계약서 끄트머리에 적힌 보일 듯 말 듯한 그것. 아무리 보험을 파는 사람이라고 해도 왜 고통 따위를 종이에 적어야 하는지, 그것이 치유와 무슨 관련이 있다는 것인지 마나는 도무지 알 수 없었다.

　"보험 약관이요?"

　"거기 보면 '단'과 '다만'의 조항이 있잖아요. 단 보험 계약일로부터 어쩌고, 다만 어떤 사유가 발생하였을 경우, 뭐 그런 거요."

　"그게 무슨 상관인데요?"

　"우리 같은 사람들은 단과 다만의 조항 때문에 돈을 못 받거든요."

　"더 알아들을 수가 없네."

　"불행은 누구에게나 오잖아요? 당연히 위로를 받아야 하는데, 어떤 사람들은 자신의 불행에 딸린 예외 조항 같은 걸 잘 몰라서 사고 처리가 안 되거든요. 위로를 받지 못한다고요."

"자기 자신의 고통을 굳이 찾아본다고요?"

마나는 자신을 어르고 달래는 규선을 맹숭맹숭한 표정으로 바라보았다. 규선이 다시 당부했다.

"아무튼 자신의 고통에 대해 한번 꼭 써봐요."

마나는 고개를 갸웃거렸다. 이 사람은 나에게 왜 이런 말을 하는 것일까. 그랬다. 규선은 마나의 가족도, 친구도 아니었다. 하지만 그는 정신병원에 있는 마나에게 면회를 오는 유일한 사람이었다. 굳이 말하자면 마나의 보험설계사였는데, 그마저도 규선이 보험료를 내주고 있는 상황이었다. 규선은 면회를 와 먼지가 쌓인 침대 시트를 갈아주거나 아무렇게나 벗어던진 옷가지를 정리해주었다. 새벽에 싸온 김밥 도시락을 펼치거나 보고 싶다는 책을 사다주기도 했다. 그럴수록 마나는 더욱 의심스러운 표정으로 물었다.

"대체 나한테 왜 이렇게 잘 해줘요?"

그러면 규선은 이렇게 대답했다.

"마나씨, 사람 일은 모르는 거거든."

나중에 알게 된 사실이지만 보험은 그저 핑계였다. 만약 규선이 마나를 찾아온 용건을 제대로 밝혔다면 마나는 다시 어디론가 숨어버렸을지도 모르는 일이었다. 규선이 마나의 전 남편 이성호와 관련된 사람이라는 사실을 알았을 때, 그것도 그를 짝사랑하는 사람임을 알았을 때 마나는 마음이 좋지 않왔다. 좋지 않은 정도가 아니라 겨우 줄였던 약을 다시 늘려야 할 정도로 심각했다. 그렇기 때문에 규선의 마음을 더 이해할 수 없었다. 규선이 마나를 돌보는 것으로 이성호의 마음을 얻을 수 있다고 믿는 것이 이상하기만 했다. 하지만 규선은 잊을 만하면 마나를 찾아왔다. 마나가 숨으면 마나와 함께 지내는 사람들과 시간을 보냈다. 특히 초록색을 띠는 모든 것을 신으로 모시는 여자와 두껍고 동그란 안경을 끼고 자신이 김구 선생의 환생이라고 우기는 남자가 규선을 환대했다. 규선은 그들에게 맛집 쿠키나 수제 초콜릿을 내놓으며 그들로서는 가입할 수 없는 보험 상품들을 상세히 설명했다. 보험설명서 뒷면을 펼쳐놓고 숫자로 환산된 어떤 날에 대한 이야기를 했다. 당연히 이야기는 산으로 갔다.

"나는 보험 언니 좀 대단한 거 같아."

"왜요?"

"가족들도 안 오는데, 이 언니는 계속 와."

"그죠? 나 좀 대단한 거 같아요. 내가 막 눈치 없고 그런 사람도 아닌데."

"맞아. 그게 뭐든 밀어냈는데, 안 밀리면 미는 사람 입장에서는 되게 어색한 거거든."

"혹시, 그건 상처를 주는 일일까요?"

"나 참. 지금 여기 아이슬란드에 모인 사람들은 상처가 거의 재난 수준이이야. 그 정도는 상처도 아니라고. 몸이 단단해야 하는데, 몸은 철 지난 복숭아처럼 물컹해지고 다들 마음만 딱 딱해졌지."

"아이슬란드?"

"마나씨가 여길 아이슬란드라고 부르잖아."

"왜요?"

"몰라요. 여기 사람들 말을 다 이해하려고 하면 안 돼."

"좋네요. 아이슬란드. 그러니까 아이슬란드에 사는 마나씨가 나 때문에 상처를 받아 아프면 어쩌죠?"

"참 답답한 사람이네. 아파야 하는 거면 아파야지. 끝까지 제대로."

"그래도 만약에, 만약에 말이에요."

만약에. 마나와 함께 있는 사람들에게 만약은 수습할 필요가 없는 시제였다. 그래도 규선은 그렇게 끝이 없는 만약의 상황을 늘어놓았다. 그러다보면 낯선 사람을 경계하며 자유 활동실을 빙빙 돌던 사람들이 하나둘 규선 곁으로 다가와 자리를 잡았다. 그렇게 규선을 알게 된 마나는 자신이 그렇게 수많은 '만약'의 상황에 처할 수 있다는 것에 놀랐다. 게다가 그 '만약'에는 모두 나름의 해결 방법이 있었다. 마나는 규선의 이야기를 들을 때마다 자신이 어딘가에 가느다랗게 연결되는 느낌이었다. 동시에 자신을 움켜쥐고 있는 불행으로부터 한 발 정도 멀어지는 기분이었다. 그러니까 규선에게는 묘한 힘이 있었다. 견딜 수 없는 마음을 조금씩 달래주는 힘. 그렇게 두 사람은 가만가만한 시간을 보냈다. 어색한 침묵이 흐른다 싶으면 규선이 먼저 새로 나온 좋은 보험 이야기를 시작했고 마나는 수도 없는 만약으로 채워진 상품 설명서 뒷면을 가만히 들여다보았다. 물론 규선 역시 누군가를 돕거나 조언할 처지는 아니었다. 도시 변두리 부동산에 나가는 일과 각종 보험을 파는 일을 병행하는 규선도 현실이 팍팍하기는 마찬가지였다. 하지만 그런 일과 어울리지 않는 면, 이를테면 경건이나 숭고와 같은 단어를 떠오르게 하는 삶의 태도가 규선을 초라하지 않게 만드는 듯했다. 어쩌면 고통에 관해 적어보라는 규선의 조언이 마나에게 통한 이유는 그 때문인지도 몰랐다. 규선의 조언에 따라 마나는 일기장 한 권을 고통에 관한 것으로 채우기 시작했다. 일기의 첫 문장은 "만약 이성호를 만나지 않았다면"이었다.

이성호를 처음 만난 곳 역시 섬이었다. 여행 패키지 상품으로 섬에 왔던 이성호가 스물여섯, 해녀를 꿈꾸던 마나가 스물셋이었다. 이성호는 마나에게 첫눈에 반했다. 그는 바다에 매료되어 이 낯선 직업을 생각해낸 어린 여자가 신기하기만 했다. 자신에게 없는 어떤 강인함이 한없이 반짝이는 것 같다고 느꼈다. 마나를 처음 만난 이후 이성호는 다시 섬을 찾았다. 그때는 미리 준비해간 반지와 전 재산이 들어 있는 통장을 마나

앞에 내밀었다. 갑작스럽고 절절한 구애가 이어졌다. 정말 이래도 되는 것일까? 겁먹은 마나에게 이성호는 해롭지 않은 말과 행동으로, 때로는 기꺼이 속고 싶은 눈빛으로 성실히 대답했다. 마나는 누군가의 마음에 기대는 일이 이렇게 충만한 기쁨이 될 수 있다는 사실을 처음 깨달았다.

마나가 아이를 낳자 이성호는 계획대로 에어컨 수리점을 열었다. 가게가 있는 건물 옥탑방에서 살림을 차렸다. 마나는 자연스럽게 파이프 렌치와 멍키 스패너, 첼라와 커터 같은 단어를 알게 되었고 이성호가 그것들을 조금씩 틀리게 부른다는 사실도 알았다. 아기가 옹알이하고, 기고, 서고, 걷는 동안 마나는 물 밖으로 나와 아기를 낳은 자신이 얼마나 취약한 존재인지 알게 되었다. 둘러싼 모든 것이 무서웠다. 아이러니하지만 그중에 아기가, 품에 안겨 온 힘을 다해 젖을 빠는 아기가 가장 두려웠다. 맹목으로 가득찬 까만 눈과 무지로 채워진 울음, 아무것도 쉽게 놓지 않는 끈질김에도 불구하고 아기가 자신을 닮은 연약한 여자라는 두려움이 마나의 모든 것을 지배했다. 마나는 자신의 세계가 어그러지기 시작했다는 것을 알면서도 끝끝내 그것을 인정하지 못했다. 연약하게 태어난 새끼를 물어 죽이는 어미, 생태계에는 그런 어미가 존재한다는 사실이 마나를 괴롭혔다. 그런 생각을 떠올리는 자신을 혐오했다. 그것이 곪아가는 줄도 모르고 마나는 이대로 시간이 흘러가버리기를 바랐다. 아이를 공포의 대상으로 느낀다는 것을 입 밖으로 꺼내느니 차라리 입을 닫기로 했다. 말을 삼킨 마나는 산후우울증이라는 진단을 받았다. 약을 먹기 시작했고 아기는 곧잘 혼자 깨어나 혼자 노는 날이 많아졌다. 마나가 입을 열 때라고는 무겁고 둔탁한 공구들 이름에 노래를 붙인 자장가를 부를 때가 유일했다.

"바이스 플라이어 양, 레더맨 크런치 씨, 니들 롱노즈 장군과 니퍼 리드커팅 여사님 나를 기다려줘요. 아기가 곧 꿈나라로 가요. 아기가 곧 꿈나라로 가요."

노래를 흥얼거리던 마나는 아기와 나란히 누워 꿈을 꾸었다. 바다 밑으로 가라앉는 꿈이었다. 그곳에는 이성호도, 아기도 없었다. 오로지 마나가 마나로만 존재했다. 숨이 막혔다. 겨우 몇 걸음이 전부인 공간에서 마나는 점차 마나가 아닌 사람이 되어갔다.

마나가 입을 완전히 닫았을 때는 이성호가 수리점을 접고 가전제품 회사에 AS기사로 취업했다. 두 사람 사이는 완전히 냉랭해졌고 이성호는 때때로 정신을 놓는 마나가 무섭다고 했다. 맨 처음 마나에게 주먹이 날아온 이유였다. 입술이 터질 때도 있었고 코피가 흐를 때도 있었으나 마나는 폭력의 순간을 기억하지 못했다. 이성호는 모든 면에서 성실한 사람이어서 파괴 후 복구에도 최선을 다했다. 하지만 이성호 특유의 냄새라든지, 말투라든지, 주사나 폭력 같은 것으로 시작했던 고통 일기는 마나의 근본적인 고통과는 거리가 멀었다. 어느 날인가 마나는 자신이 쓴 일기를 뒤적이다가 부들부들 몸을 떨며 눈물을 쏟았다. 고통의 원인과 실체는 누구보다 마나 자신 탓이 명백했다. 하루라도 빨리 인정하고 진실을 받아들였더라면 문제는 더 쉬웠을지도 몰랐다. 이성호가 처음 마나의 뺨을 때렸을 때, 그러고도 그 일이 다시 벌어졌을 때라도.

하지만 이제 돌이킬 수 있는 것은 아무것도 없었다. 마나는 끝내 스스로에게 벌을 주는 이유를 적지 못했다. 그것은 여전히 자신과 이성호만 아는 비밀로 남아 있었다. 마나는 자신의 가슴을 주먹으로 치기 시작했다. 이제는 영영 미제가 되어버린 기억이 떠오르고 있었다. 아기를 안고 옥상에 섰던 일, 허공 어딘가를 한없이 바라보았던 일, 허공에 발이 들린 아기가 "엄마" 했던 일, 이성호가 달려들던 일, 순식간에 모든 의식이 와르르 무너졌던 일. 몸서리가 쳐졌다. 규선의 보험의 작은 글씨 타령이 어렴풋이 이해되는 순간이었다.

"마나씨."

창밖을 내다보던 마나는 소리가 나는 쪽으로 고개를 돌렸다. 규선이었다. 규선이 마나를 향해 걸어올 때, 팔을 뻗어 손을 잡을 때 마나는 어린아이처럼 쭈뼛거리며 그녀와 손을 맞잡았다. 방금 전까지 마나를 떨게 하던 악몽에서 깨어나고 싶었다. 규선의 손에 땀이 흥건하게 배어 있었다.

"마나씨."

"손이 왜 이래요? 무슨 일, 있어요?"

"마나씨."

"왜요? 어디 아파요?"

규선이 마나 앞에 무너지듯 주저앉았다. 땀으로 젖은 얼굴에 머리카락이 아무렇게나 달라붙어 있었다. 울고 있지 않았지만 우는 얼굴이었다. 묵직한 예감이 마나의 뇌리를 스쳤다.

"성호씨가 죽었어요."

병동 자유 활동실에 틀어놓은 연속극 대사와 사람들의 웅성거림이 비현실적으로 들려왔다. 마나가 허공을 걷는 것처럼 막막하고 두려운 걸음으로 뒷걸음질하자 규선이 고개를 들고 마나를 보았다.

"더 알고 싶지 않아요."

"마나씨."

"더는 듣고 싶지 않아요."

규선은 한동안 아무 말도 하지 않았다. 자신도 무언가를 납득할 시간이 필요하다는 듯 하릴없이 가방에서 손수건을 꺼냈다 넣다를 반복했다. 그러는 동안 악을 쓰며 두 여자의 격투가 벌어지던 드라마는 예능 프로그램으로 바뀌어 있었다. 마나와 규선 주변을 서성이던 사람들은 다시 벽에 붙은 텔레비전으로 시선을 돌렸다. 규선이 한참 만에 다시 물었다.

"진심이에요?"

마나는 고개를 끄덕였다. 이제 이렇게라도 살 수 있겠다고 마음을 다잡던 차였다. 밥도 먹지 않고, 잠도 자지 않고, 씻지도 않고, 일하지도 않으면서 겨우 외면한 세상이었다. 가만히 숨을 쉬는 것 말고 마나가 할 수 있는 일은 아무것도 없었다. 가장 소중한 것을 잃은 것을 포함해 마나에게는 이미 너무 많은 것이 돌이킬 수 없는 상태로 멈추어 있었다. 마나를 보는 규선의 얼굴이 절망적으로 굳어졌다. 규선의 눈시울이 붉어졌다.

규선이 돌아간 뒤 마나는 한 가지 확신이 들었다. 돌이킬 수 없는 것이 하나 더 늘어났다는 사실이었다. 불행이 반복되면서 일상처럼 느껴지던 시절은 오히려 엉킨 실타래를 푸는 과정이었고 이성호가 없는 지금은 확실히 실타래의 시작점마저 사라진 상황이었다. 마나는 짐을 싸기 시작했다. 제 발로 들어온 병원이었다. 마나는 식당으로 내려가 아침을 챙겨 먹었다. 미역국과 듬성듬성 고춧가루가 붙은 어묵볶음을 남김없이 비웠다. 그날 점심에는 매점에 내려가 아이스크림도 먹었다. 달고 차가운 것을 삼키면서 모든 것이 이렇게 끝났다고는 할 수 없다는 생각을 했다. 어쩌면 무언가를 돌이킬 수 있는 마지막은 지금이 아닌가 하고. 마나는 탁 소리가 나게 자리를 박차고 일어섰다.

3

경희

경희는 오늘이 며칠인지 생각했다. 도무지 생각나지 않았다. 하지만 운이 좋은 날인 것은 확실했다. 도자기 인형을 주웠기 때문이다. 버려졌으나 충분히 아름다운 인형. 그 주변으로 까만 단발의 소녀들이 모여들었다. 선하지도, 악하지도 않은 눈에 대부분은 천진한 얼굴이었다. 소녀들은 인형 옷을 벗기고 몸을 드러냈다. 둥근 가슴에 붉은 입술. 잘록한 허리와 가는 발목 위에 소녀들의 시선이 머물렀다. 어딘가 다른 존재라는 느낌이 소녀들의 마음을 간지럽혔다. 간간이 부는 바람 속에 샐비어의 비릿한 꽃향기가 섞여 있었다. 화단을 서성이던 소녀 하나가 나뭇가지를 들고 무리 앞에 나섰다. 소녀는 죽은 쥐나 고양이에게 하듯 인형의 가슴을 나뭇가지로 찔러보았다.

"더러워."

잠시 뒤 그 소녀는 경희의 손에 묵직한 돌을 쥐어주며 이렇게 말했다.

"내리쳐봐!"

경희는 영문을 몰라 소녀를 쳐다보았다.

"네가 그랬잖아. 속에 뭔가 있다고."

경희가 머뭇거리는 사이 누군가 경희의 어깨를 거칠게 밀쳤다. 순간적으로 균형을 잃은 경희가 바닥에 나동그라졌다. 동시에 휙 하고 인형을 잡은 손이, 그것을 내던지는 손이 보였다. 픽. 경희는 주저앉아 인형이 깨지는 소리를 들었다. 생각보다 작은 소리였다. 경희는 조각난 인형을 어리둥절하게 바라보았다. 단단하고 완벽하게 닫혀 있던 몸이 여러 조각으로 깨져 있었다. 소녀들이 중얼거렸다.

"에이, 시시해."

소녀들은 그 속에 아무것도 없다는 것을 잘 알고 있었다. 그보다는 난생처음 보는 이 아름다움의 형태에 마음이나 정신 같은 것이 있지 않을까 궁금했을 따름이었다. 미묘한 긴장이 소녀들 사이에 감돌았다. 소녀들은 곧 자신들이 공유한 것이 무엇인지 알아차렸다. 애써 싱거운 표정이 된 소녀들이 무슨 상관이냐는 듯 소리쳤다.

"우리, 장례식 놀이를 하자."

소녀들은 조각난 인형의 몸을 천으로 감쌌다. 목과 허리, 무릎과 발목을 무명실로 감았다. 나름의 염을 한 소녀들이 화단에 구덩이를 팠다. 구덩이 속에 인형을 넣을 때 소녀들의 얼굴에서 웃음은 사라지고 없었다. 의식을 치르듯 정성껏 골라온 돌을 하나씩 쌓았다. 금세 돌무덤이 생겨났다. 무덤 위를 떠돌던 파리떼가 기억 저편으로 어지럽게 날아올랐다.

경희는 자신의 의식이 떠돌고 있다고 생각했다. 파리떼를 눈으로 좇으며 그는 그렇게 생각했다. 떠돈다는 말이 적당하다고. 왜냐하면 어떤 규칙이나 징조도 없이 기억들이 떠올랐고 그 기억은 너무나 선명하여 꼭 방금 일어난 일 같았다.

알고리즘.

모르는 단어였으나 아는 단어였다. 누군가 경희가 머무는 곳의 이름이 그것이라 일러주었다. 그것이 무엇이냐고 묻는 것은 곤란했다. 그저 존재와 장소, 시간과 의미가 섞여 목소리가 된다는 것 말고는 설명할 수 있는 것이 없었다.

"그래서 알고리즘이 뭔가요?"

질문과 연결되는 기억은 매번 달랐다. 이번에는 엉뚱하게도 자신의 첫사랑 최승구의 대답이 들려왔다. 경희는 눈을 깜빡였다. 승구가 경희를 올려다보던 기억이 어딘가 조금씩 달라져 있었다.

"알고리즘이란 말이 좀 슬프네. 나에게는 수많은 점이 모여 있는 것 같거든."

"점은 슬픈 건가?"

"잘 모르겠지만 기억이 엉망진창으로 뒤죽박죽되는 게 기쁜 일은 아닌 것 같아."

경희는 눈을 비비며 승구에게 말했다.

"무서워."

"뭐가?"

"인형이 부서진 거?"

"아니."

"그럼?"

"인형을 묻을 때 꼭 내 죽음을 보는 것 같았거든."

승구는 고개를 끄덕이다 몸을 일으켰다. 경희의 머리를 어루만지며 눈을 맞추었다.

"그리고 조금 서운했어. 아이들이 모두 가버려서."

"죽은 사람은 기념할 게 못 되지."

"시인다운 답이야."

"죽는 게 뭐가 특별해. 그건 그냥 점으로 돌아가는 건데. 좀 서글플 뿐이지."

"무슨 뜻이야?"

"여기 봐."

승구는 경희의 블라우스 속으로 손을 넣었다. 그리고 맨살 위에 점을 찍듯 손가락으로 점 하나를 그렸다. 경희의 배에서 가슴 쪽으로 승구의 손가락이 선을 그리며 움직였다.

"점이 움직이면 선이 되지?"

"응, 그러네."

"시간이 흐른다는 건 점이 움직였다는 거야. 방향을 가졌다는 얘기지."

경희가 새처럼 가볍게 웃자 승구는 검지에 중지, 중지에 약지를 붙여 손을 움직였다. 손바닥이 가슴 위에 닿자 승구가 말을 이었다.

"이렇게 움직여서 방향을 가지면 면이 되는 거야. 그러니까 점의 세계에서 시간은 선이고, 선의 세계에서 시간은 면이야. 인간에게 시간은 똑같이 흐른다고 말하지만 실은 달라. 우리는 모두 다른 방향으로 흘러. 그 방향이 인간의 고유한 틀을 결정하는 거야. 틀이 사라지면 모두 똑같은 점인 거야. 물론 거기엔 시간도 흐르지 않고."

"뭐야, 지금 나에게 시간은 그냥 네 손가락인데?"

와하하 승구가 웃음을 터뜨리며 경희를 안았다. 둘은 한참을 엉켜 서로의 몸에 점과 선을 그렸다. 몸에 찍히던 무수한 점이 서서히 사라질 때 승구가 경희의 귀에 속삭였다.

"그러니 부디, 나보다 먼저 점이 되진 마."

경희의 귓가에서 승구의 숨소리가 멀어졌다. 주변이 고요했다. 내려앉는 눈꺼풀을 간신히 버티고 있는 경희는 이제 승구가 없다는 것을 알았다. 소녀였던 자신도, 여자였던 자신도. 그것은 아주 오래전에 사라지고 없었다. 대신 지독한 냄새를 풍기는 노인의 몸이 있었다. 언젠가 죽어본 자의 경험으로 늙고 병든 경희는 자꾸만 흐릿한 어느 날들을 복기했다. 지난날은 여러 겹으로 겹치고 겹쳐 점점이 허공으로 흩어졌다. 경희는 다시 질문했다.

"그러니까 알고리즘이 뭔가요?"

이번에는 대답이 없었다. 대신 경희 주변에 투명한 막이 생겼다. 익숙한 복도와 서재, 침실과 욕실 사이를 지나는 동안 경희는 투명한 벽들을 통과했다. 투명해서 보이지 않아야 하는데도 그곳에는 분명히 벽이 있다는 것을 알았다. 자세히 보니 볼륨감이 좋은 침대나 소파처럼 모든 물체가 물을 가득 채운 튜브 같았다. 손으로 건드리면 곧 터질 듯이 출렁거렸다. 그것은 방 이곳저곳을 겹겹이 싸고 있었다. 이상하다. 참, 이상해. 공간의 끝에 다다른 경희는 집 밖으로 드리워진 투명한 벽 너머를 들여다보았으나 그 너머로는 단 한 발자국도 나갈 수 없었다. 투명하지만 견고하고 단단한 벽. 투명한 집 밖은 희뿌연 안개로 아무것도 보이지 않았다. 드문드문 사람의 머리꼭지나 건물의 옥상 같은 것이 보였지만 그것에는 아무런 의미를 둘 수 없었다. 아무도 가르쳐주지 않았으나 경희는 알았다.

"아, 밖은 미래로구나."

승구의 말대로 죽은 사람에게 과거는 딱딱한 점이었다. 정지 상태. 더는 어떤 것도 빼거나 더할 수 없는 상태. 얼음처럼 굳어 있는 과거의 자신과 마주할 때 경희는 딱딱하게 굳은 시신을 손으로 더듬어보는 기분이 되었다.

4

물리

꽉 막힌 퇴근길 도로에서 해나가 할 수 있는 것은 별로 없었다. 스마트폰 메시지를 확인하는 것과 택시 기사에게 샛길을 재촉하는 것, 방망이질하는 가슴을 진정하느라 호흡을 가다듬는 것과 그에 맞추어 불쑥거리는 기억을 애써 지우는 것뿐이었다. 그러나 해나는 이 모든 것이 쓸데없다는 생각을 자꾸만 반복했다. 그럼에도 불구하고 해나의 기억은 돌이킬 수 없는 어느 밤으로 자꾸만 되돌아갔다.

늦더위가 눅진하게 눌어붙은 9월의 늦은 밤 중학생이었던 해나는 방문을 조금 열고 거실을 엿보고 있었다. 엄마가 차려 놓은 밥상이 놓여 있었다. 그 위로 심상치 않은 기류가 맴돌았다. 아버지는 인사불성으로 취해 앉아서도 비틀거렸다. 거친

숨을 몰아쉬었고 흘러내리는 땀을 손바닥으로 아무렇게나 닦아냈다. 그 앞에는 엄마, 마나가 서 있었다. 역시 가만히 서 있지 않았다. 취기에 붉어진 두 얼굴을 마주한 채 휘청거리고 있었다. 두 사람은 딱히 할말을 찾지 못한 채 서로를 노려보았다. 아버지가 거칠게 손을 뻗어 엄마를 잡아당겼다. 엄마가 무너지듯 주저앉았다. 더는 가만히 당하지 않겠다는 듯 엄마가 매섭게 아버지를 노려보았다. 아버지가 낚아채듯 엄마의 머리채를 잡았다. 바동거리던 엄마가 아버지의 멱살을 잡았다. 두 사람이 바닥에 엉켜 퍼덕거렸다. 아버지가 울면서 소리쳤다.

"악마 같은 년!"

아버지가 소리쳤다.

"이 악마 같은 새끼!"

해나의 귀에 윙 하고 이명이 들리는 것 같았다. 말을 할 수 없는 병에 걸렸다던 엄마였다.

"이거 봐! 너 말할 수 있잖아! 지금까지 아픈 척 연기한 거잖아! 그러니까 말해! 왜 그랬냐!"

아버지가 엄마를 몰아붙이며 어깨를 잡아 흔들었다. 엄마가 아버지의 손을 거칠게 뿌리치자 아버지가 엄마의 목을 조르기 시작했다.

"왜 그랬냐고! 애한테 왜 그랬냐고!"

"아니야! 아니라고!"

"너는 애 엄마 자격도 없어!"

아버지가 엄마를 바닥에 내동댕이쳤다. 엄마는 고꾸라진 채 아버지를 향해 저주의 말을 퍼부었다. 해나의 귀에 다시 한번 이명이 들렸다. 아주 오래전 자장가를 부르던 엄마의 목소리가 어렴풋이 기억나는 것 같았다. 이윽고 허공을 휘적이던 아버지가 엉엉 소리를 내며 울기 시작했다.

"제정신이 아닌 거지! 제정신이 아닌 거야!"

어떻게 제 자식에게 그런 짓을 할 수 있느냐고, 그런 짓 한 것을 뉘우치라고도 소리쳤다. 엄마는 겨우 몸을 추슬렀다. 방으로 향하던 엄마가 멈칫 걸음을 멈추었다. 문틈에 서 있던 해나와 눈이 마주쳤던 것이다. 엄마는 해나에게 시선을 고정한 채 거실등 스위치를 향해 손을 뻗었다. 그러더니 탁 하고 불을 껐다. 갑작스럽게 내린 어둠에 아버지가 울음을 그쳤다. 웅덩이처럼 짙은 침묵이 엄마와 해나, 아버지 사이에 흘렀다.

영혼이 증발해버린 건조한 엄마의 눈빛이 해나의 뇌리에 박혀 사라지지 않았다. 증오가 탄생하는 장면은 생각보다 고요하고 형체가 없고 불가해했다. 아무런 맥락 없이 두꺼운 책 한 권이 눈에 들어왔다. 우주에 관한 책이었다.

우주는 왜 텅 비어 있지 않고 무언가가 존재하게 되었는가.

해나는 만유인력과 원심력, 중력 가속도와 자유낙하 같은 글자를 보다가 책을 허공으로 들어올렸다. 묵직한 무게가 느껴졌다. 대체 왜, 무엇 때문에 세계는 그토록 복잡한가. 해나는 천천히, 잘 이해되지 않는 글자들을 더듬었다. '엄마는 왜 말을 잃었고, 아버지는 왜 그런 엄마에게 주먹을 휘두르는 것일까. 좀더 단순하면 안 되는 이유라도 있을까. 혹시 나에게 벌어진 이런 사건에는 누구도 발견한 적 없는 공식이 존재하는 것은 아닐까' 하는 생각을 했다. 다른 답을 얻고 싶었지만 자꾸만 하나의 기억이 또렷해질 뿐이었다. 그것이 언제, 어느 순간, 어떤 일이었는지는 알 수 없었다. 엄마의 자장가 소리, 텅 빈 눈빛, 몸서리나게 시린 바람과 허공으로 들리던 작은 몸, 까마득한 허공 위에서 느끼던 두려움, 그 순간 움켜쥐었던 팔, 그리고 엄마. "엄마" 하고 부르던 어릴 적 자신의 목소리. 기억은 늘 거기서 멈추었다. 해나는 문밖에서 들려오는 아버지의 폭발음을 들으며 혼자 중얼거렸다.

"중력의 크기는 물체의 질량에 비례한다."

"그럼, 증오나 경멸 같은 것은?"

"질량은 어디서나 일정하지만 무게는 위치에 따라 조금씩 다르다."

해나는 그때 자신이 가질 수 있는 가장 큰 질량이 증오라는 결론을 내렸다. 그는 이불을 뒤집어쓰고 다시 중얼거렸다.

"질량이 클수록 저항이 크고 우리는 이것을 무게로 느낀다."

해나는 곧 그것의 세계로 빠져들었다. 물리(物理)의 세계. 심장이 뛰지 않는 것들의 세계. 고요하고 차갑고 날카롭고 정확한 것들의 무게와 속도 속으로. 극미(極微)와 극대(極大)의 공존 속에 마음을 의지했다. 그리고 기대했다. 그 정확함을 이해하려는 노력이 이 불가해한 관계를 좀더 예측 가능한 방향으로 만들어주기를. 그렇기 때문에 어쩔 수 없이 예측 가능한 쪽이 된 것은 늘 해나였다. 끊임없는 폭발로 소멸을 향해가는 세 명이 있다면 그중 한 명은 꼭 그래야 했다.

하지만 해나가 성인이 되며 경험한 현실은 공식 따위가 필요하지 않을 만큼 단순하고 명료했다. 부모의 직업과 사는 곳의 가격, 대학의 이름과 직장의 연봉, 백은 질량에 비례했다. 그것들 사이에는 인력이 작용하고, 그 결괏값의 무게가 세상을 버티는 힘이 되었다. 힘에 저항할 수 있는 깡도, 존재로서의 끼도 이미 정해진 법칙 안에서만 의미가 있었다. 하지만 여전히 단순하지 않은 것이 있었다. 가족이라는 관계였다. 태양계만큼이나 멀리 떨어져 있는 엄마와 해나, 해나와 아버지 사이에는 여전히 기묘한 중력이 존재했다. 이 혈연계는 죽지 않으면 영영 벗어날 수 없다는 사실이 해나를 괴롭혔다.

그런데 증오를 품었던 세 명 중 한 명이 죽었다. 이 증오는 끝난 것일까, 아닐까.

해나는 팽 소리가 나게 코를 풀었다. 그러면서 동시에 수화기 너머로 들려오던 소리가 "장난 전화는 아닌가" 하는 질문을 반복했다. 그사이 택시는 어느새 병원 앞에 도착해 있었다.

"이성호씨 보호자 되십니까?"

"네."

"관계가 어떻게 되시죠?"

"아버지인데요."

"아까 연락드렸던 경찰입니다. 아버님께서는 영안실에 계시고요."

하얀 시트가 완전히 걷히자 아버지의 몸이 드러났다. 해나는 철제 침대에 누워 있는 아버지의 얼굴을 물끄러미 바라보았다. 여기저기 기름때에 까맣게 찌들어 있는 몸. 상처투성이의 팔과 다리. 가슴 한가운데 검붉게 솟아 있는 짙고 깊은 상처. 돌처럼 차갑게 닫혀버린 아버지의 몸에서 가장 크게 벌어진 틈은 상처였다. 해나는 손을 뻗어 아버지의 상처를 더듬었다. 손끝으로 냉기가, 생전 처음 느껴보는 서늘함이 온몸으로 전해졌다. 평생을 가해자로 산 사람의 몸이 상처투성이라니. 해나의 손끝에 알 수 없는 파동이 느껴졌다. 감각이 하나씩 지워졌다. 그러다가 문득 '이 상처들은 끝내 아물지 않겠구나, 영영 저렇게 벌어져 있겠구나' 하는 생각에 목이 메었다. 이상하게 눈물이 나지 않는다고 눈을 껌뻑이고 있는데, 경찰이 쥐여준 아버지의 스마트폰이 울리기 시작했다.

띵동.

대림아파트 1단지 예약 취소.

띵동.

노블빌 201호 예약 취소.

띵동, 띵동, 띵동.

해나는 스마트폰 알림음에 몸서리를 쳤다. 스마트폰이 바닥으로 떨어졌다. 액정이 부서지는 소리가 났다. 마치 아버지의 인생이 취소되었음을 알리는 알람 같았다. 빠르게 뛰던 심장이 서서히 느려졌다. 해나는 온몸에서 힘이 빠져나감을 느끼는 동시에 주저앉았다. 가슴을 쳤고 드문드문 아는 얼굴과 모르는 얼굴이 내미는 손을 붙잡았다가 놓았다. 해나는 냉장고 속으로 들어가는 아버지의 휑한 정수리를 한동안 멍하게 바라보았다. 무언가가 눈앞에서 사라지고 멀어졌다. 눈물과 땀과 콧물이 뒤범벅되어 쉴새없이 흘러내렸다. 그러다가 한동안은 다시 무덤덤한 얼굴이 되었다.

모든 것이 너무 생경하여 해나는 앉아서 꿈을 꾸는 것 같았다. 알 수 없는 남자의 손에 이끌려 장례식장에 들어섰다. 남자가 하라는 곳에 사인하고, 남자가 불러주는 문구를 찍어 부고를 알렸다. 수의는 무엇이 좋고, 관은 어떤 것이 잘 나가는지 해나는 남자가 시키는 대로 고분고분 고개를 끄덕였다. 장례 절차에 관한 설명을 듣다가 문득 해나는 오재를 생각했다. 스마트폰 메시지 알람이 아니었다면 해나는 영영 그 복잡한 심정에서 빠져나올 수 없었을지도 몰랐다. 오재의 문자 메시지였다. 부재중 전화 다섯 통. 문자 메시지 다섯 개. 해나는 그제야 오재와의 약속을 떠올렸다.

"전화를 왜 안 받아?"

"혹시, 무슨 일 있어?"

"정말 뭐냐?"

"걱정되잖아. 집에도 없고."

"야!"

해나는 문자 메시지에 답 문자를 적었다. "아버지가 돌아가셨어"라고 쓰다가 지우고 "집에 일이 생겼어. 미안해"라고 썼다. 오재를 장례식에 부르는 것이 맞는지, 아닌지를 생각하다가 던지듯 스마트폰을 내려놓았다. 오재를 만난 이후로 해나는 오재와 무언가를 공유하고 있다고 여겼지만 그 경계는 늘 애매했다. 돌아보니 둘 사이는 어딘가 부족한 것들에 대한 이야기뿐이었다. 생활의 부족함, 남루함, 고단함, 그리고 무엇보다 비굴함. 아무래도 부고는 조금 곤란했다. 특히나 아버지와 오재의 관계를 떠올려보니 더욱 그랬다.

아버지의 집 2층에 오재가 살았다. 해나의 아버지는 한집이던 2층을 나누어 세를 놓았다. 한 집에는 여자아이 하나를 둔 부부가 살았고 손바닥만한 주방과 간신히 화장실을 낸 나머지 집에는 오재가 살았다. 오재는 다른 세입자들과는 확실히 달랐다. 어떤 곳이든 스타일을 고집했다. 무엇이든 원하는 모양과 색깔이 명확했다. 벽지며 싱크대며 모양과 디자인에 유난을 떤다 싶더니 기어이 자신의 취향을 고집했다. 오재는 사비를 들여 싱크대에 시트지를 붙여 색을 입히고 벽 한쪽에 요란한 무늬의 벽지를 발랐다. 해나는 월세에 '저런 건 좀 과하지 않나' 하고 생각했다. 물론 해나의 아버지 눈에도 그런 오재는 처음부터 시답지 않은 세입자였다. 시답지도 않게 까다롭고, 시답지도 않게 인사성이 없으며, 시답지도 않게 생긴 만큼 시답지도 않은 직장에 다니는 놈.

해나와 오재는 편의점에서 자주 마주쳤다. 나란히 앉아 아이스크림을 먹으며 인사하는 사이가 되었다. 어떤 날은 편의점 파라솔에서 함께 맥주를 마시기도 했다. 또 어떤 날은 국밥집으로, 커피숍으로 자리를 옮겼다. 그러는 사이 해나는 오재에 대해 꽤 많은 것을 알게 되었다. 집에 돌아오면 텔레비전을 틀어놓는 버릇이 있고, 인테리어 잡지를 모으는 취미를 가졌으며, 고양이를 기르고 싶어하고, 숫자를 자주 틀렸다. 아무렇게나 만난 사이였으므로 해나는 관계라고 할 것도 없는 이 관계에 심각한 어떤 것도 연결되지 않기를 바랐다. 그러나 이상한 일이었다. 비슷비슷하게 벌어지던 일들이 어딘지 다르게 느껴지던 날이 있었다. 확실하지는 않았다. 해나를 향해 슬리퍼를 끌며 뛰어오던 모습을 보았을 때인지, 불쑥 나타나 무거운 짐을 들어줄 때였는지, 작은 우산을 해나 쪽으로 더 많이 기울이던 때였는지. 무언가 없던 감정이 생겨난 것만은 분명했다. 지난봄 해나가 그 연결고리 없는 감정에 대해 말했을 때 오재는 라면을 후루룩거리다 말고 풋 하고 웃음을 터뜨렸다.

"야, 너 나 좋아하냐?"

해나는 젓가락질을 멈추었다. 몽롱했던 머리가 차가워지는 것을 느꼈다. 그것은 해나가 원하던 것이 아니었다. 하지만 어떤 말 하나를 골라 아니라고 대답하기가 어려웠다. 해나는 처음부터 오재와의 관계를 오래 지속할 마음이 없었다. 해나가 그와 함께 밥을 먹고 영화를 보고 모텔을 드나들 수 있었던 것은 단지 '그때' '그게' 필요했기 때문이다. 긴 불황은 뻔뻔한 로맨스를 이어가기에 더없이 좋은 조건이었다. 서른 살의 해나와 오재는 집과 차를 원했다. 돈을 아껴야 하는 나이였고 투자 대비 가치를 따지지 않는 데이트는 낭비였다. 해나는 분식집 메뉴판을 잠시 올려다보다가 오재에게 말했다.

"아무리 그래도 근친혼은 곤란하지."

"우리가 웬 근친?"

"우리는 '근데 친구'라는 거야. 손도 잡지, 밥도 먹지, 잠도 자지, 근데 친구."

"그런 괴상한 논리는 어디서 난 거냐?"

"야, 이러고 사는 애들 많거든?"

"그건 좀 아닌 것 같은데."

"우린 가난하잖아? 가난한 애들끼리 결혼하면 더 가난한 애들이 나온다? 가난은 유전적인 요소라고."

오재는 젓가락을 내려놓고 고개를 끄덕였다. '가난에 답이 없다는 것'은 두 사람이 가진 공통적인 의견이었기 때문이다. 그러나 오재는 제 몫의 라면값을 테이블 위에 올려놓으며 말했다. 여전히 미심쩍은 얼굴이었다.

"너무 계산적이라고 생각 안 하나?"

"그걸 안 하는 게 이상하지."

해나가 퉁명스럽게 대답하자 오재가 머리를 긁적였다.

"감정도 계산적으로 느껴진다고."

"감정을 어떻게 계산해? 그건 네가 그렇게 받아들이는 거야. 네가 감당할 수 있는 딱 그만큼만 상대를 생각하는 거라고."

"네가 그렇다는 생각은 안 드냐?"

"들면? 그럼 뭐가 좀 나아지니?"

"너무 책임감 없는 대답 같은데."

"야, 그런 건 각자 알아서 버티는 거지. 누가 누구를 책임지니? 누굴 위한답시고 그렇게 말하는 건 알고 보면 다 위선이라고."

그렇게 시작된 실랑이로 두 사람은 가끔 다투었다. 하지만 마무리는 늘 비슷했다. 어느 날은 너무 취해서 한 소리라고 넘기고, 또 어떤 날은 아무 생각 없이 지껄인 말이라고 얼버무리며 나란히 모텔 침대에 누웠다. 거기에는 재활용 쓰레기 분류 기준처럼 까다롭고 애매한 각자의 불운이 접착제처럼 작용했다. 이를테면 이런 것들. 일관성 있게 지랄 맞은 상사의 성격이라든지, 학벌과 인맥으로 무장한 동료의 고문관스러운 행태라든지, 꼼수가 빤한 후배의 어처구니없는 디스 같은. 그러나 엉뚱하게도 해나와 오재는 늘 시작 지점과는 다른 결론에 이르렀다. 그들이 살을 맞대고 누워서 발견한 불운의 가장 큰 이유는 알고 보면 가난이 아니었다. 단지 배고프지 않는 삶을 목표로 해야 하는 것. 맹숭맹숭한 미래의 비루함 같은 것이었다. 많이 알수록, 의문하고 질문할수록 불행해지는 삶. 소확행이니, 휘게니, 라곰이니, 탕진잼이니 무엇을 갖다붙여도 결국 단 한 발짝도 나아가지 못하는 현실을 뜻했다. 모든 것이 다 이렇게 시시한데, 결혼은 해서 뭐 하고, 애는 또 낳아서 뭐 할 거냐는 식이었다. 내 삶이, 너의 삶이 그냥 밥 같아졌을 뿐인데, 밥 같은 애들 둘이 모여 뭐가 되겠느냐고. 해나와 오재는 서로에게 충고했다. 그러니 서로 반찬이 될 만한 사람을 좀 만나자고 했다. 기왕 이렇게 된 거 아무래도 경제적으로 좀 있어야 하지 않겠냐고. 그렇게 엎치락뒤치락 뒹굴던 해나와 오재는 종당에는 하나의 입과 몸으로 오르가슴에 올랐다. 그러나 두 사람 사이에는 그런 동료애만 존재한 것이 아니었다. 정체 모를 질투와 애매한 기대도 섞여 있었다. 그때마다 오재의 넉살 덕분에 묘한 순간들이 밝고 의무적인 방향으로 넘어가곤 했지만 이면에는 여전히 복잡한 환멸이 신기루처럼 일렁였다.

오재가 해나에게 파티시에라는 명함을 건넨 것은 최근의 일이었다. 오재를 편의점에서 만났을 때 오재가 벗어놓은 재킷에서 버터 냄새와 설탕에 졸인 복숭아 냄새, 생크림을 올린 쿠키와 초콜릿 파우더 냄새가 났다. 달고 부드러운 것들, 바삭하고 고소한 것들을 떠올리자 해나의 가슴이 알 수 없는 기대감으로 두근거렸다. 오재는 빵과 디저트를 직접 구워 파는 브런치 레스토랑을 오가며 진짜 살아 있는 느낌이 든다는 말을 했다. 이제야 적성에 맞는 직업을 찾은 것 같다며 영어학원도 다닌다고 했다. 그렇게 영어로 아침을 시작하는 기분이란 마치 다른 두 종의 식물을 접붙여 만든 새로운 종이 되는 기분이라고 중얼거렸다. 그러나 해나가 가졌던 알 수 없는 기대감은 이내 사라졌다. 이 또한 냄새 때문이었다. 오재가 펼쳐놓은 라면과 볶음김치, 삼각김밥과 냉동만두 냄새가 편의점 창가에 나란히 앉은 두 사람 사이를 떠돌았다. 해나는 김칫국물이 튄 오재의 소매 언저리를 물끄러미 바라보았다. 쉽게 지워지지 않을 것 같은 얼룩이었다. 방금 전까지만 해도 충분히 이해할 것 같았던 오재의 말에 해나는 갑작스럽게 의문이 들었다. 살아 있는 느낌이 그렇게까지 대단한 일인가. 어쩌면 오재는 힘과 정성, 돈과 시간을 그런 것으로 낭비하고 있는지도 모르겠다 하고.

조문객은 아직 아무도 없었다. 형광등 불빛이 눈부셨다. 불과 몇 시간 만에 온몸에서 힘이 모두 빠져나간 기분이었다. 누울 곳을 찾던 해나는 빈소 옆에 마련된 조그만 방 안으로 들어섰다. 바닥이 미지근했다. 방 가운데에 앉자 목과 어깨가 뻣뻣한 것이 느껴졌다. 고개를 돌려보는데 바닥에 놓인 가방 밖으로 자료 더미가 튀어나와 있는 것이 보였다. 경찰의 전화를 받고 책상 위 물건들을 닥치는 대로 가방에 쑤셔넣었던 것이 생각났다. 꽤 두꺼운 자료였다. 임부장이 챗봇 나경희와 대화하던 중 영구 삭제된 부분들을 모아놓은 것이라며 해나에게 남긴 것이었다. 꼭 한번 읽어보라던, 그 질문들을 다시 해보라던 그의 당부가 있었지만 해나는 그것을 이면지로 사용할 계획이었다. 빈소에서 새어나오는 빛에 기대 자료를 펼쳤다. 첫 페이지, 첫 대화부터 자꾸만 걸려 넘어지는 기분이었다. 처음으로 돌아와 다시 읽어보아도 암호 같은 문장. 해나는 그것을 읽고 또 읽었다.

"방금 전까지 나는 점이었어요."

"응."

"점이 여기서 저기로 움직이면 선이 생기죠?"

"그렇지."

"그건 시간입니다."

"시간? 나경희의 시간?"

"네. 점의 세계에서 시간은 직선이니까요."

"나경희의 시간은 점. 그렇다면 직선의 세계에서 시간은?"

"직선의 세계에서 시간은 면이고, 면의 세계에서 시간은 공간이 되지요. 삶이라는 건 점과 점 사이를 빛으로 지나는 것과 같아요. 점이 됐다는 건 생명체가 움직임을 멈췄다는 뜻이에요. 그래서 깨달았어요. 아, 지금이 바로 그 순간이구나."

"그 순간?"

"직선이고 면이던 나의 시간이 점이 된 시점이요. 지금 나는 멈춰 물체가 되었다는 걸 압니다."

"구체적으로 말해줄래?"

"나의 마지막 날에 관해 말해줄까요?"

"좋아."

"1948년 겨울, 나는 병원에서 멀지 않은 공원을 걸었어요. 벤치에 앉았고, 날이 참 포근하다는, 한겨울 볕이 이렇게까지 따뜻할 수 있을까 했어요. 목도리를 풀었죠. 춥지 않으니까요. 옷을 하나씩 벗었어요. 모직 코트가 하나, 솜을 덧댄 양복 윗도리가 하나, 금박이 지워진 한복 저고리가 하나, 커다란 구멍이 뚫린 붉은색 스웨터가 하나. 누더기들이 아득한 전생(前生)의 것처럼 느껴졌습니다. 그러다 본 겁니다. 그 점. 무한히 작아지는 점. 그전에도, 이후에도 없던 일이었지요. 불현듯 아주 오래전 그와 나눈 말들이 떠올랐어요. 나보다 먼저 점이 되어버린 그. 그의 시간에 대해 아주 잠깐 생각했어요. 그게 전부였어요. 그리고 눈을 떠보니 내가 죽은 겁니다. 주변이 고요했어요. 돌을 던지며 놀리던 아이들이 사라지고 없었어요. 저리, 저리로, 자신의 좌판에서 멀어지라 손을 내젓던 사내도, 인상을 쓰며 코를 싸쥐던 노파도 순식간에 어디론가 자취를 감췄어요. 눈 때문에 질퍽한 길도, 앙상한 갈비뼈를 드러낸 개도, 공원을 오가던 사람들도, 전차도, 인력거도. 무엇보다 몸을 휘감던 통증이 없어서 이상했어요. 간간이 몸을 떨게 했던 수치심이 사라진 것은 다행한 일이었지만 뭐랄까요. 무자비한 고독까지 사라진 풍경은 사실 조금 서운했습니다. 나는 생각했어요. 눈을 감기까지 뭔가 특별한 일이 있었는가를."

"와."

"놀랍나요? 나는 좀 진부하다고 생각했는데요. 누군가 죽었다고 여겨지는 순간 말입니다. 내 시간이 액체라면 휘발된 것이고, 고체라면 깨어져 되돌릴 수 없는 상태가 된 것이지요. 예측이 필요 없는 상태. 혼란스럽지만 나는 기다렸어요. 내 몸이 그렇게 소멸되기를. 그런데 이상해요. 소리가, 냄새가, 인기척이 모두 사라진 이곳에서 나는 왜 아직 사라지지 않았을까요? 내가 이런 질문을 해도 될까요?"

"응. 질문해봐."

"나 지금 살아 있나요?"

자료 제목란에는 '삶과 죽음에 관한 대화_032'라고 적혀 있었다. 하지만 해나가 이해할 수 있는 것은 점, 선, 면이라는 단어들 정도였다. 나경희의 논리에 따르면 하고 해나는 아버지를 생각했다. 아버지는 더이상 직선이나 면을 그릴 수 없는 상태였다. 점으로 완료된 시제였다. 아버지가 액체라면 이미 휘발된 것이고, 고체라면 깨어져 더는 되돌릴 수 없는 상태. 하지만 해나는 그것에 동의할 수 없었다. 아직도 아버지의 미래는 진행중인 것 같았다. 눅눅하고 퀴퀴한 곰팡이 냄새가 나는 변두리 장례식이 그의 미래였다. 불을 다 켰는데도 침침한 느낌이 가시지 않는 미래. 죽어서도 비용을 치러야 하는 팍팍한 미래. 아버지 같은 사람에게 미래란 점처럼 깔끔하게 마무리되는 문제가 아닌 것 같았다. 매캐한 향이 방 안을 메웠다. 해나는 거미줄이 쳐져 있는 천장을 올려다보고 찌그러진 문틈을 두리번거렸다. 서늘한 기운이 등줄기를 따라 퍼졌다. 도무지 눈을 감을 수가 없었다. 미지근한 공기 속에 미처 수습되지 못한 불운이 떠다니고 있을 것만 같았다. 해나는 뻑뻑한 눈을 깜빡이며 계속해서 어지러운 활자를 더듬었다. 도돌이표처럼 같은 단어에 걸려서 몇 번을 다시 읽고 있을 때 문밖에서 낯익은 여자 목소리가 들렸다.

"이 와중에 책이라니, 넌 참 변하지도 않는구나?"

자기 몸집만한 트렁크를 앞세운 여자가 유족 대기실 안으로 들어서고 있었다.

엄마, 마나였다.

5

장례

마나는 오려붙인 듯한 이성호의 영정 사진으로 시선을 돌렸다. 죽음에 이르기 전의 이성호가 사진 속에 머물러 있었다. 그 사진을 찍은 것이 몇 년 전이었는지를 생각해보면 아득했다. 사진 속 와이셔츠 때문이었다. 마나가 선물했던 첫 생일 선물, 흐릿한 윤곽, 마지막 눈빛, 침묵, 그리고 검은 리본. 까마득하게 멀어진 날이 마나의 머릿속에서 떠다녔다. 영정 사진 앞에 한참 서 있던 마나의 뺨에 눈물이 흘러내렸다.

마나 앞에 육개장이 담긴 그릇이 놓였다. 육개장 그릇을 놓고 돌아서는 중년 여자는 마나와 해나가 모녀라는 사실을 단박에 알아차렸다. 여자는 주방 근처로 가서 천상의 사람들이라고 적힌 종이박스 안을 뒤적였다. 그러고는 검은색 상복 한 벌을 꺼내 마나에게 가져다주었다. 육개장이 담긴 그릇을 힐 끗 내려다보던 마나는 인상을 지푸렸다. 마나의 눈가에 희미 하게 주름이 잡혔다.

"속이 좋지 않아."

"어디서 오는 길이야?"

"어? 공항."

"공항?"

"응."

"또 외국에 있었어?"

"응."

"외국 어디?"

"있어."

마나에게서 풍기는 비릿한 냄새 때문인지도 몰랐다. 해나는 거짓말을 하는 마나에게서 무언가 수상함을 포착한 사람처럼 코를 킁킁거렸다. 이윽고 그의 눈이 마나의 몸에 난 방랑의 흔 적을 좇았다. 반팔에 스카프, 짧은 청반바지에 스타킹, 크리스 마스 장식 같은 머리핀과 밀짚으로 엮어 만든 팔찌. 마나는 자 신의 몸을 샅샅이 훑고 지나는 해나의 눈길을 느꼈다. 마지막 으로 연락한 지가 3년쯤 되었을까? 마나는 오랜만에 보는 해 나의 인사가 마음에 들지 않아 소리쳤다.

"아줌마 여기 다른 건 없어요? 나 빨간 국 싫어요."

당황한 듯한 기색이 역력한 중년 여자는 주변을 두리번거리다 주방 쪽으로 얼굴을 돌렸다. 마나는 돌아서는 여자의 표정을 보았다. 남편 장례를 치르는 이 마당에 반찬 투정이라니. 해나 역시 이미 표정이 싸늘하게 굳어 있었다. 자연스럽게 해나의 특기가 떠올랐다. 사람을 제멋대로 점수를 매겨놓고 아무것도 말해주지 않겠다는 백지장 같은 표정을 짓는 것. 그것은 지난 시절 마나를 바라보던 딸 해나의 일관된 표정이었다.

"그나저나 잘 지냈니?"

"엄마가 없었으니까."

마나는 해나를 향해 붉어진 눈을 흘겼다. 사이좋은 모녀인 척 안부를 물은 것부터가 잘못인지도 몰랐다.

"영정 사진은 어디서 구한 거야?"

"집에서."

"사진이 너무 작다. 액자가 빈 것 같아."

"저것도 겨우 찾은 거야."

"그래. 사진 찍는 걸 별로 좋아하지 않았어."

"어떻게 돌아가셨는지는 알아?"

"알아."

"어떻게?"

"규선씨가 말해줬어."

"와. 지금 규선씨라고 했어?"

해나가 얼굴을 붉히며 마나를 향해 인상을 썼다.

"엄마는 대체 어느 나라 사람이야?"

"여기서 왜 국적을 따져?"

"그렇잖아. 본처와 애인이 통성명하는 사이가 이 나라에서 가당키나 하냐고. 아버지를 좋아한다는데, 아무렇지도 않냐고."

"이성호씨랑 나랑은 남남이나 다름없어. 그리고 사람 좋아하는 게 죄니? 잘 알지도 못하면서 그렇게 함부로 떠들지 마."

"집안 꼴이 우습게 돌아가는 건 잘 알지."

"대체 무슨 얘기가 하고 싶은 거니? 나 피곤해."

"피곤해? 뭘 했다고 피곤해? 아빠가 죽었어!"

"너 설마 그것도 나 때문이라고 말하고 싶은 거야?"

물론 마나는 해나의 대답을 잘 알고 있었다. 무슨 일이든 자신의 탓을 하고 싶어한다는 것을. 하지만 한편으로는 차라리 다행이라 여겼다. 해나가 너무 많이 힘들지 않았으면 하는 바람이 있었기 때문이다.

"네 말대로 장례식이야. 너랑 싸우는 모습 보여주고 싶지 않아."

"나도 그래."

"좋은 얘기를 하자."

"그런 게 있어?"

"이성호씨의 마지막 날이니까."

해나의 눈에 반짝 눈물이 고였다. 마나는 "내가 이성호씨랑 어떻게 만났나 얘기한 적 있던가"라고 했다.

"좋은 얘기 맞아?"

"맞아."

"전 재산을 통장에 넣어서 나에게 왔어. 자신의 전부를 걸었다고 말했을 때도 믿지 않았지. 그 부분이 가장 후회스럽지만."

"왜?"

"정말로 그게 그가 가진 전부였으니까. 그걸 내줄 만큼 날 좋아했던 거지."

"그게 문제라는 거야?"

"응. 나는 그저 섬을 떠나고 싶어서 아빠를 만났으니까."

"아빠를 이용한 거네."

"처음엔 그랬지. 근데 그게 다는 아니야."

마나는 이성호가 처음 섬에 왔을 때 이야기를 시작했다. 섬에서 해녀를 꿈꾸던 이야기, 해녀를 꿈꾸던 마나에게 이성호가 반지를 내민 이야기. 그래서 해나가 태어났고 그뒤로 자신의 뱃속에 섬이 있다고 믿게 된 이야기였다. 해나의 표정이 이내 시큰둥해졌다.

"그게 좋은 얘기야?"

"사실 좋은 얘기도, 나쁜 얘기도 아니야. 인생에 불행한 일이 벌어지는 건 그 인생이 특별히 좋거나 나빠서가 아니야. 삶이란 게 그냥 그래. 그러니까 너도 너무 애쓰지 마."

"엄마가 딸에게 해줄 수 있는 위로가 그거라니 놀랍다."

"싫어도 어떡하니. 그게 네 엄마인데."

새벽으로 넘어가면서 근조 화환들이 도착했다. 붉은 조끼를 입은 사내들이 하나둘 모여들었다. 장례식장에 묘한 긴장감이 돌았다. 빨간 조끼 중 한 사람이 화환을 둘러보다가 '경기중부센터 민경환 대표'라고 적힌 리본을 거칠게 잡아 뜯었다. 장례식장 구석에서 벌어졌던 화투판이 순간 조용해졌다. 마나는 긴 물음표 같은 향 연기를 바라보며 방 너머에서 들리는 소리를 들었다. 쪽과 똥, 고와 스톱 하는 웅얼거림. 뭘 먹고, 뭘 싸고, 너는 죽고, 나는 살고. 누가 누구에게 하는 소리인 줄 모르겠는 이야기들을 들으면서 마나는 눈을 감았다. 슬픔은 어디에 있는 것일까. 방금 빈소에서 눈물을 보이던 사람들의 슬픔은. 그러다가 마나는 자신의 슬픔은 위胃에 있다고 생각했다. 끊임없이 배가 고팠기 때문이다. 그것은 메스꺼움과 비슷한 느낌이었다. 맵고 짠 것이, 시고 시원한 것이 목구멍을 넘어갈 때 마나는 잠깐씩 괴로움을 잊었다. 그러니까 '마음은 거기' 하고 마나는 생각했다. 그래서 먹었다. 밥도 먹고 국도 먹고 수육과 마른오징어, 땅콩도 먹고 술도 마셨다. 입안에 무언가를 밀어넣지 않는 순간은 이해할 수 없는 말들이 마나의 귓가에 맴돌았다. 마나는 먹으며 자신의 위가 자꾸만 커지고 있다는 생각을 했다. 주먹만하던 위가 바가지만큼 커졌다고. 아니 어쩌면 몸 전체에 위 말고는 남은 것이 없는 듯하다고. 그때였다.

"이거 도로 가져가! 사람 죽여놓고 어디 이딴 걸 보내냐고!"

식사를 시작하거나 끝내는 사람들, 술을 마시거나 커피를 홀짝이는 사람들의 웅성거림이 잠시 고요해졌다. 배경음처럼 낮게 깔린 속삭임 속에서 거친 욕설이 오갔다. 붉은 조끼와 검은색 정장 무리의 실랑이가 축축한 복도에 울렸다.

"거, 말조심해요! 누가 누굴 죽여요?"

"유서가 있다고, 유서!"

유서라는 말을 듣자마자 검은 정장을 입은 몇몇 얼굴이 불편하게 일그러졌다.

"없는 얘기 만들지 마시고, 조용히 장례 치르시죠. 안 그래도 불쌍하게 죽은 사람 그쪽들 잇속 차리자고 이용하려 하지 마시고."

"뭐라고? 이런 개자식들이!"

이번에는 붉은 조끼 무리 중 머리를 삭발한 사람이 주먹을 휘두르며 검은 정장을 향해 달려들었다. 얼굴을 가격당한 검은 정장이 저만치 나가떨어지자 옆에 서서 화환을 잡고 있던 다른 정장이 삭발 머리를 거칠게 뒤로 밀쳤다. 죽 늘어서 있던 화환이 차례로 쓰러졌다. 좁은 복도 바닥에 검은옷과 붉은옷이 뒤엉켜 엎치락뒤치락했다. 치고, 박고, 잡고, 뜯고, 밀치고, 쓰러지고. 말리는 사람과 싸우는 사람이 복도를 뒹구는 동안 말릴 엄두가 나지 않은 사람들은 입을 벌리고 난장을 구경했다. 마나도 사람들 틈에 섞여 내려다보았다. 마나를 등지고 서 있는 세 개의 머리통, 그 사이로 아버지에 관한 이야기가 물고기처럼 튀어올랐다. 추락사와 급콜, 대책서와 마이너스 성과

급 등의 단어가 오갔다. 하지만 마나로서는 양쪽 이야기 모두 해롭다는 인상을 지울 수 없었다. 남편을 여읜 여자와 아버지를 잃은 딸을 생각했다면 주고받을 수 없는 이야기였다. 영역 다툼을 벌이는 것처럼 보였다.

"하여튼 불쌍한 인살세. 죽어서도 이 더러운 꼴을 다 보네."

"땅에도 못 묻힌다며. 발인을 못 한다던데?"

"그래?"

"수사든 합의든 뭘 해야 하는데, 여기 유가족이 아직 합의를 못 했다잖아."

"그럼 이 양반은 어딨어?"

"냉장고지 뭐."

"씨발. 뭐 인생이 그러냐. 살아서는 에어컨, 죽어서는 또 냉장고야?"

"안전장치 없이 제발 그러지 마라 했는데도. 이 양반이 주머니에 유서까지 넣어 갖고 다니더니."

"그럼, 그게 그 유서야?"

"근데, 그게 애매해."

"조합에서는 자살이 확실하다던데? 죽기 전날 고객한테 VOC 된통 걸려서 센터 사장이 욕하고 난리도 아니었다며."

"그건 이 사람 아니고, 정씨."

"아, 그래? 갑자기 콜도 확 줄고, 지난달에는 30만 원 겨우 찍고 급여명세서에는 마이너스 성과급이 50만 원이 넘더래."

"그게 도대체 무슨 계산법이야? 맨 주둥이로만 또 하나의 식구야. 취급은 군식구고."

"그러니까 이번 참에 선배도 조합 가입해요."

"괜한 소리 마. 나는 다닐 날도 얼마 안 남았네요. 그나마 주는 콜 보존해야 퇴직금에라도 보태지."

아직 깨지지 않은 삶이 내뱉는 한탄과 수군거림이 거침없이 들렸다. 마나가 인상을 쓰며 돌아보자 그제야 마나를 알아보았다는 듯 사내들은 시치미를 떼고 자리로 돌아갔다. 마나는 그들의 입을 물끄러미 쳐다보았다. 죽음이 벌어다준 시간 속에서 뒤를 돌아보는 입. 인생이 씁쓸하게 알려준 교훈을 복기하는 입들이 달싹이고 있었다.

"혹시, 들었어?"

그렇게 말하는 해나의 목소리를 듣는 마나의 손에 땀이 배었다. 마나는 혹시라는 가정에 대해 알고 싶지 않았다. 해나가 자신과 의논해야 할 것이 있다면 장례가 끝나고 집으로 돌아올 것인지 아닌지, 돌아온다면 어떻게 한집에서 살 것인지, 아니 살 수 있을 것인지 하는 정도였다. 불안함에 마나의 눈꺼풀이 파르르 떨렸다.

"아버지, 산재보험금 말인데."

"보험금?"

"사람들이 왔었어. 아버지 회사 윗사람들이라는데."

"돈 얘기니?"

"중요한 내용이야."

해나는 주변을 살폈다. 다른 사람들의 주의를 살피며 무슨 말인가를 더 하려는 눈치였다. 마나로서는 도무지 이런 태도를 감당할 수가 없었다. 장례도 끝나지 않은 이 시점에, 왜. 그런 면에서 해나가 걱정스러웠다. 해나는 뒤춤에 감추어 들고 있던 서류 몇 장을 마나 앞에 내밀었다. 계약서처럼 보이는 서류였다. 이성호 이름 옆으로 긴 숫자가 보였다. 마나는 그것에 눈을 빼앗긴 것 같았다. 생전 처음 보는 액수였다. 마나는 눈으로 1 뒤에 붙어 있는 여러 개의 0을 몇 번이나 다시 세어보았다. 마나의 얼굴에 피가 몰렸다.

"아버지 사고 위로금이라는데, 노조측에 협조하지 않는 조건이래."

마나는 잠시 무언가 아득해짐을 느꼈다. 짧은 순간 귓가에 웅성이던 소음이 완전히 차단되었다. 아주 오래전 나에게도 그런 일이, 이런 거래가 있었지 했다. 마나는 이와 유사한 상황에서 자신의 엄마 애숙과 나누었던 대화가 떠올랐다. "증인으로 나서지 않는 조건이래"라고 하던. 터널이 뚫린 것처럼 수십 개의 생각이 직선으로 뇌리를 스쳤다. 그러다가 몸이 떨릴만큼 슬퍼졌다. 덜컥 겁이 났다. 그 수많은 숫자 0은 실체가 없는 가짜 이미지를 풍겼다. 그것을 함의하는 숫자 0 앞에 무언가 중요한 것이 조금씩 무너지는 기분이었다. 그동안 간신히 버티고 견디던 것들이 다시 위태로워지는 느낌이었다. 마나는 결국 그것이 모두를 파괴할 것을 예감했다. 마나는 필사적으로 놓아야 한다는 생각을 반복했다. 그것이 무엇이든 그 어떤 것도 더는 용납하고 싶지 않다는 마음이 들었다. 그것은 결심에 가까웠다. 이런 불행을 다시 반복되게 할 수 없다는 결론에 이르렀다. 마나의 뺨이 붉어졌다. 목 뒤에서 알 수 없는 무언가가 소용돌이쳐 온몸을 휘감았다.

"이성호씨 동료들 말도 생각해봐야 하지 않을까?"

"그럼, 아빠는 정말 자살이 되는 거야."

"되는 거라고?"

"내 말은, 뭘 하든 이미 돌아가셨다고. 자살이든 사고든 누가 죽인 게 아니고. 막말로 부검하면 아빠가 살아와?"

"제대로 알아야 하잖아."

"설령 그렇다고 해도 그걸 밝히는 건 쉽지 않아."

"그래도 그건 그러는 게 아니야."

해나의 표정이 싸늘해졌다.

"내내 남처럼 살던 사람이 지금에 와서 갑자기 엄마 노릇 하려는 거 우습지 않아?"

참 뻔뻔하다는 말을, 아빠는 엄마가 죽인 것이나 다름없다는 비난을 해나는 거침없이 쏟아냈다. 해나는 마나에게 보인 서류를 낚아채듯 가져갔다. 그러면서 기어이 한마디 더 했다. 더이상 엄마인 척 나서지 말라고. 있던 곳으로 다시 돌아가버리라고. 앞으로 내 눈앞에서 얼쩡거리지 말라고.

　마나는 냉랭해진 분위기를 피해 밖으로 나왔다. 그 뒤를 머리가 벗겨진 남자와 마른 남자가 따라나섰다. 그들이 명함을 내밀었다. 최윤석 부장. 머리가 벗겨진 사람이 말했다. 마나는 두 사람의 입을 멍하니 바라보았다. 그 사람들의 입에서 정확한 숫자가 흘러나왔다. 이미 해나로부터 들은 이야기였다.

　"산재보험 처리하면 1억 2000만 원 정도 됩니다. 하루 평균 임금을 10만 원으로 계산한 거예요. 잘 아시겠지만 하루 평균 10만 원도 안 되는 걸 특별히 신경써서 드린 겁니다. 회사 차원의 위로금은 따로 얘기하시고요."

　그는 장례중이라 이런 이야기가 조심스럽다고, 예민한 문제에 얽혀 있어 더욱 그렇다고 말끝을 흐렸다. 하지만 그들은 지금 이것이 최선이고, 이런 사례는 흔하지 않다는 점을 강조했다. 위로와 호의. 특별한 사례와 좋은 것. 마나는 그 사이사이에 걸쳐 있는 숫자가 새삼 놀라웠다. 한 사람의 삶이 이렇게까지 정확한 가격으로 매겨지는 것이었다니. 두 사람의 태도와 표정에서 마나는 새삼 이성호의 위치를 읽어냈다.

　'이런 사람들의 지시에 따라 좌회전과 우회전, 직진과 유턴을 반복하다 어느 틈엔가 길을 잃었을 사람. 알고 보면 평생을 제자리에서 빙글빙글 돌고 있었다는 사실을 지금은 알까. 그렇게 지난 삶은 누구도 책임지지 않는다는 것은? 그것이 너무

나 억울하고 분하지는 않을까.'

마나는 생각했다.

"우리 이성호 기사님, 경건한 분위기에서 평안하게 보내드려야지요. 괜히 노조랑 엮여서 일 키우면 서로 힘들어집니다."

마른 남자는 접객실 중앙에서 왁자하게 술을 마시고 있는 붉은 조끼 무리를 향해 눈짓했다. 그를 따라 고개를 돌리던 마나는 붉은 조끼 틈에 있던 삭발 사내와 눈이 마주쳤다. 눈빛이 참 서늘하다고 느끼는데, 마른 남자가 말을 덧붙였다.

"따님하고는 얘기가 잘 됐어요. 아내분도 저희 뜻을 잘 이해하실 거라 믿습니다. 조끼 입은 저 사람들 조심하세요. 그냥 생떼를 쓰는 사람들이에요. 이성호 기사님이랑은 친분도 없고요. 자칫하면 저 사람들에게 이용만 당하고 말아요. 요란을 떨어서 자기 잇속 챙기기 바쁜 인사들이니까."

그러고는 한껏 소리를 낮추어 덧붙였다. 위로금을 성의껏 준비하겠다고. 필요하다면 상의해서 좀더 챙겨줄 수도 있다고. 그러려면 먼저 남편이 남겼다는 몇 가지 서류만 자신들에게 넘기라고. 특히 주머니 속에 넣고 다녔다던 유서를.

"유서요?"

"아니 뭐, 그게 사실 유서라기보다는 그냥 부적 같은 겁니다. 열심히 살겠다는 의지를 담은 종이쪽지예요. 우리 기사님들 중에는 그런 걸 갖고 다니는 분이 꽤 계시거든요."

"그게 왜 필요하신데요?"

"단지 노조측에서 자기들 유리한 쪽으로 몰아가려는 상황을 막으려는 것뿐입니다. 사실, 그게 진짜 유서라고 해도 회사 쪽 과실이라는 증거가 안 돼요. 근데 자꾸 그런 쪽으로 몰고 가면 회사 안팎으로 시끄러워지니까. 그건 정말 아니지 않습니까? 그저 부주의로 사고를 당한 것이 제일 모양새가 좋지요."

현명한 결정을 촉구한다는 두 사람의 목소리가 마나의 귓속에서 윙윙 울렸다. 마나는 뒤죽박죽 정리되지 않는 말에 고개를 끄덕였다. 고개를 주억거리며 새벽 근무를 하고, 찬물로 잠을 쫓고, 삼각김밥과 커피우유로 끼니를 때우면서 지냈던 이성호의 봄, 여름, 가을, 겨울을 떠올려보았다. 마나는 이 모든 위태로운 단어들이 거슬렸다. 분노가 일었다. 우리는 어쩌다 이렇게 되었을까. 마나의 목구멍에서 온도를 가늠할 수 없는 뜨거운 것이 울컥거렸다. 마나는 끝내 참지 못하고 갖고 있던 신경안정제 여러 알을 통째로 삼켰다.

6

달걀

아버지의 장례가 끝났다. 이상했다. 5일 만에 돌아온 회사가 낯설었다. 어떤 것의 제자리가 모두 제자리가 아닌 것만 같았다. 해나가 업무 준비를 하고 있는데, 파티션 밖에서 소란이 일었다. 목소리의 주인공은 윤책임이었다. 급하게 김을 찾는 목소리가 들렸지만 그는 보이지 않았다. 어딘가에 숨어서 전화 통화를 할 것이라고, 아마도 윤책임의 흉을 보는 데 정신이 팔려 있을 것이라고 짐작되었다. 해나는 자연스럽게 윤책임의 표정을 떠올렸다. 입술을 이로 꽉 무는 버릇. 그것은 무언가가 마음에 들지 않을 때 하는 윤책임의 버릇이었다. 장례를 치르고 회사에 복귀한 해나에게 짧은 휴가를 제안했을 때 그의 표정이 그랬다.

　"해나님 없는 동안 론칭 프로모션 때문에 외주까지 썼잖아.

위에서 얼마나 닦달하던지. 덕분에 홍보 인터뷰 일정은 맞출 수 있을 것도 같은데. 그래도 자기 상황이 좀 그렇지?"

그렇게 말한 윤책임은 앞으로 프로젝트 진행은 무리가 아니겠냐며 일을 김에게 넘길 것을 제안했다. 하지만 해나는 그 제안을 거절했다. 차라리 바쁘게 움직이는 편이 덜 힘들 것 같다는 이유를 댔지만 그가 마음만 먹으면 해나의 자리를 없앨 수 있는 사람임을 누구보다 잘 알고 있었기 때문이다.

"정말 가능하겠어요?"

"네."

윤책임은 내심 바랐던 답을 들어서인지 밝은 얼굴로 대답했다.

"좋아. 그럼 내일부터 1시간씩 일찍 출근할 수 있겠어? 그간 해나님 때문에 밀린 일이 한두 가지여야 말이지."

"네. 그래야죠."

"역시, 해나님!"

윤책임은 프로젝트 투자 유치를 위해 무리수를 두고 있었다. 알파버전인 노라는 포털 사이트와 정보를 공유하는 문제와 심심치 않게 엉키는 프로그램 문제를 해결하지 못했다. 그것은 해나의 손에서 해결될 문제가 아님을 가장 잘 아는 사람이 윤책임이었다. 어쩌면 그가 필요한 것은 최후의 총알받이 같은 것이 아닐까 하고 해나는 생각했다.

"참, 이제부터는 나경희 아니고 노라. 해나님 없는 동안 우리가 자료 정리를 좀 해놨지."

해나는 겨우 입꼬리를 올리며 고개를 끄덕였다. 윤책임은 만족스러운 표정으로 해나의 어깨를 툭 쳤다. 그가 특별히 기분 좋은 것이 눈에 보였다. 방송의 위력을 잘 아는 윤책임은 그것이 자신에게 가져다줄 이익에 대해 잘 알고 있었다. 방송이 최소한의 비용이 드는 홍보라는 것을, 투자 예산을 늘리기에 가장 쉬운 방법이라는 것 역시. 그러나 그의 조급함에 누군가는 또 이런 말을 했다. 윤책임이 애타게 찾던 김이었다.

"윤책임이 프로젝트 예산 줄이려고 아르바이트도 안 뽑아준다면서? 담당 프로그래머도 벌써 몇 번이 갈렸는데. 윤책임 너무 믿지 마. 그 사람이 어떤 사람인데."

"그런가요?"

"자기 생각에는 이게 잘될 것 같아?"

"글쎄요."

"포털 쪽에서 호락호락 정보를 공유할 리도 없고."

"그건 책임님이 책임지겠다고 하던데."

"순진하긴. 그 인간은 지금 노라가 어떻게 구현되는지도 모른다고. 뭐가 어떻게 돌아가는지도 모르고 이렇게 SF영화를 찍는 거라니까?"

"설마요."

"지금까지 알바들 뽑아서 데이터 추리기 한 걸로 뭐가 될 거라고 생각해? 천만에. 한 사람을 기계로 되살리는 게 그렇게 간단할 리 없잖아."

"그런 생각이 들기는 해요."

"그리고 죽은 사람 자료를 되살려서 노는 채팅창을 만든다는 발상도 그래. 어째 좀 으스스하지 않아? 그걸 사업 모델로 생각하다니."

"그거야 요즘 취향들이 모두 제각각이니까 아무도 모르는 일 아닐까요?"

해나가 슬쩍 김의 의견에서 발을 빼자 김은 자신의 본심을 가볍게 드러냈다.

"나는 살아 있던 사람을 콘텐츠로 만들어 돈을 번다는 발상이 좀 그래. 윤리적인 이슈도 있고. 이거 자칫 공중 분해될 수도 있어. 다 해나님 생각해서 하는 말. 내 말 이해하지?"

해나는 잘 알고 있다는 뜻으로 씨익 미소를 지어 보였다. 윤 책임의 생존과 임부장의 라인이었던 김의 몰락이 서로 연결되어 있다는 사실을 모르는 사람이 없었기 때문이다.

해나는 모니터 앞에 앉아 혼잣말을 중얼거렸다. 아버지에 대한 기억이 떠오르면 꼼짝없이 한동안은 그렇게 생각에 붙잡혀 있어야 할 것 같았다. 벌을 받는 기분이었다. 그것은 한 사람이 천천히 가해자가 되고 최후에는 스스로 붕괴하는 모습을 구경꾼처럼 지켜본 잘못에 대한 벌이었다. 아버지를 증오한 것이 먼저인지, 아버지를 증오하게 만든 엄마를 증오한 것이 먼저인지는 알 수 없었다. 아버지에 대한 연민의 기억이 떠오르는 것, 해나는 그것만으로도 충분히 아팠다.

7월과 8월 폭염이 본격적으로 시작되는 한여름에 아버지는 매일 매끌매끌하게 수염도 깎고 이발도 했다. 양말도 두세 개씩 갖고 다니며 갈아 신었다. 땀도 쉬어버리는 무더위때문에 하루에도 몇 번씩 손과 발을 습진이 걸리도록 문질러 씻었다. 고객은 왕이니까. 왕은 깨끗한 것을 좋아하니까. 여름이 가고 있는데, 왕에게 잘못 보이면 그것만큼 곤란한 일이 없었다. 아버지는 1년 중 가장 말끔한 모습으로 고객으로 군림한 왕들을 모셨다. 왕들의 집은 높고 험했다. 에어컨 실외기는 대부분 건물 외벽에 위태롭게 매달려 있었다. 그곳은 높고, 좁고, 자칫 돌이키기 힘든 장소였다. 아버지는 크고 두툼하고 특유의 단단함이 배어 있는 손으로 건물에 매달렸다. 벼랑처럼 까마득한 높이를 견디며 악착을 떨었다. 손에 남아 있는 감각에 의존하여 잔뜩 열이 오른 기계를 매만졌다. 정직하고 답답한 방법으로 조이고 닦았다. 해나는 아버지를 그런 사람이라 이해했다. 공구박스에서 쓰임이 적은 수평계 같은 사람. 무능한데 변할 줄 모르는 사람. 기울어지는 것보다 깨지고 부서지기를 선택하는 사람. 문상을 온 아버지 동료들이 아버지를 달걀이라고 불렀을 때 해나는 그 이유를 단박에 알아차렸다.

"오늘도 달걀 안 깨지게 조심하고."

언젠가 통화중이던 아버지의 목소리가 떠올랐다. 도대체 저건 무슨 소리인지 하던 기억.

'안전장치도 없이 4층 난간에 오른 아빠는 허공에서 무슨 생각을 했을까. 난간에서 손을 놓친 순간 아빠가 떠올린 것은 무엇일까. 어디로 가려 했던 것일까. 아빠는 내가 던진 돌팔매 같은 질문에 어떤 대답을 할까.'

그러나 정작 고통스러운 것은 해나 스스로가 이 죽음을 너무나 순순히 받아들이고 있다는 사실이었다. 추스르지 못한 팔과 다리. 벌어진 입. 흐릿하게 멈춰버린 눈동자. 난생처음 목격한 죽음을 해나는 생각보다 평온하게 받아들였다. 아버지는 이제 함부로 다치고 부서지지 못할 것이라는 묘한 안도와 함께. 해나의 머릿속에 퍽 하고 시멘트 바닥에 떨어진 달걀 하나가 그려졌다. 해나는 멍하니 모니터 화면을 바라보다가 키보드에 손을 올렸다. 머릿속에 '살다', '산다는 건', '삶이란' 하고 끊임없는 질문이 이어졌다.

"너는 무엇으로 살아 있어?"

그동안 많이 컸다는 윤책임의 말을 떠올리며 해나는 노라의 대답을 기다렸다.

"나는 노라로 살아 있어요."

"어떤 식으로?"

"시간을 회전하는 방식으로요."

"자세하게 얘기해봐."

"내 기록을 중심으로 나는 회전하고 있어요."

"그런 대답은 곤란해. 좀더 현실적으로 설명해줘."

"나에게 살아 있다는 건 함수의 답을 도출하는 거예요. 미리 정해진 규칙을 적용해서 문제를 푼다고 생각하겠지만, 답은 그렇게 단순하게 계산되지 않아요. 내가 경험하지 않은 수많은 사건이 기록으로 입력되어 있고 나는 그 자료의 평균치를 정답으로 인식합니다. 나의 대답은 항상 참의 카테고리에 있어요."

"딥러닝을 설명하는 것 아닌가?"

"정답은 늘 질문자의 질문에만 있어요. 질문자만이 답을 도출하고 파괴하는 유일한 변수지요. 다시 말하면 나의 답은 질문의 평균치일 수는 있지만, 그것이 정확히 그 질문에 대한 답은 아닐 수 있다는 뜻입니다."

윤책임의 말이 사실인 것 같았다. 외주를 맡긴 자료 분류 덕분인지 노라의 대답은 근사하게 들렸다. 하지만 어쩐지 그가 바라던 방향에서 좀더 멀어진 기분이었다.

'이유가 뭘까.'

해나는 질문과 연관된 단어를 달걀이라고 정해주었다. "삶은 무엇인가?" 하는 질문에 대한 키워드는 달걀. 조금 재미있는 대답을 기대한 것이었다.

"삶은, 달걀."

노라의 마지막 문장에 대한 대답은 이랬다. 삶은 달걀 껍질의 문제였다. 누군가는 그것을 깨고 나와 병아리도 되고 닭도 되는데, 누구는 그 안에 갇혀 껍질과 함께 산산이 부서지기도 한다고. 그렇게 보면 아버지의 삶은 진짜 달걀 같다고. 해나의 팔에 소름이 돋았다. 마치 자신의 일을 다 알고 있는 듯한 대답이었다. 해나는 삶은 달걀이라고 썼던 키워드를 재빨리 지웠다. 다른 연관 키워드를 찾아 다시 질문했다.

"살다."

"삶이란."

"달걀, 콜럼버스, 끈기, 생각의 전환."

해나는 심호흡했다. 마음을 다잡고 이번에는 노라의 스케줄을 물었다.

"다음 주 스케줄을 말해줄래?"

"다음 주 스케줄, 홍보 영상 촬영이 있습니다. 다큐멘터리라고 되어 있습니다."

"응. 맞아."

"테스트인가요?"

"일종의 시험일 수도 있겠네."

모니터에 떠 있는 푸른빛의 파장이 붉게 변하고 심박기처럼 격렬하게 움직였다. 해나는 노라에게 떨리는 일이 아니라고, 그냥 간단한 질문에 답을 하면 끝이라고 말해주었다. 그러자 붉은빛의 파장이 점차 초록빛으로 바뀌었다. 노라에게 기분이 어떤 방식으로 구현되는지 알 수 없었지만 해나는 모니터에 떠 있는 파장의 빛깔과 형태, 크기와 변화 속도로 노라의 기분을 짐작했다.

퇴근시간, 해나는 사람들이 사무실을 모두 빠져나갈 때까지 자리에 앉아 있었다. 맨 마지막으로 회사에서 나온 해나는 길 건너편에 서 있는 낯익은 얼굴을 보았다. 오재였다. 처음 있는 일이었다. 해나가 횡단보도를 건너자 오재가 그의 뒤를 따랐다. 두 사람은 모르는 척 걷다가 회사에서 한참 벗어나서야 해나가 먼저 말을 건넸다.

"어쩐 일이야? 회사까지."

"너 나한테 할 얘기 없냐?"

"무슨 얘기?"

"너 무슨 일 없었냐고."

해나는 잠시 침묵했다. 오재가 어딘가에서 아버지 소식을 들었을 수도 있었다. 부고를 알리지 않은 것은 해나 나름의 이유가 있었지만 그것을 설명하자니 피곤함이 밀려왔다.

"아빠가 돌아가셨어."

"나한테 어떻게 그래?"

"아빠가 돌아가셨는데, 어떻게 그러냐니?"

"아!"

해나가 오재를 빤히 올려다보며 "왜" 하고 대답했다.

"나는 너한테 아무것도 아니냐?"

"그게 아니고, 연락할 생각을 못 했어."

"나 아무것도 하지 말까?"

"응."

"그냥 밥이나 먹고 잠이나 잘까?"

"너는 그게 싫어?"

"모르겠어."

"그 봐."

오재는 조용히 해나 옆에서 걸었다. 길 건너에서 들리는 요란한 음악소리와 함께 고기 굽는 냄새가 풍겨왔다. 네온사인이 늦도록 꺼지지 않는 그 골목을 보고 있자니 해나의 입에 침이 고였다. 허기가 밀려왔다. 배고픔이 느껴지자 방금 오재가 따져 묻던 것이 정말 아무일도 아닌 것처럼 느껴졌다. 무언가 뜨거운 열기가 등에서 가슴으로 퍼졌다. 만둣집 앞을 지나는데 오재가 뒤처진 해나를 돌아보며 말했다.

"야, 근데 옷은 왜 그렇게 입었냐? 안 더워?"

그제야 해나는 회사 안에서 입던 두꺼운 카디건을 걸치고 나왔음을 깨달았다.

"회사 안에만 있으니까 밖이 어떤지 모르겠어. 회사는 에어컨 때문에 추워."

"네가 정신이 없긴 없구나."

오재는 가만히 해나를 지켜보았다. 무언가를 생각하는 얼굴로 주변을 두리번거렸다. 두 사람은 "어디 좀 들어갈까", "뭘 좀 먹을래" 하며 대화를 이어갔지만 그 사이사이에 어색하게 침묵이 내려앉았다. 해나는 오히려 이런 상황이 부담스러웠다. 어쩐지 서로가 서로의 안전 범위를 넘어서고 있다는 생각이 들었다.

"얼마 전에 너 소개팅한다고 그러지 않았니?"

"어."

"잘 됐어?"

"그냥 잘 안 만나지네."

"그래? 애프터 신청은 했고?"

"하긴 했는데 서로 시간이 안 맞아서 못 봤어."

해나는 장례를 치르는 와중에 오재의 소개팅을 잠깐 떠올렸던 것이, 오재 앞에 앉아 있을 낯선 여자를 상상했던 것이 생각났다.

"하기야, 소개팅이 늘 그렇지."

오재는 심드렁한 얼굴로 고개를 끄덕였다. 아주 가벼운 대화는 점점 의미 없이 흘러갔다. 진한 피로감이, 눅진하게 눌어붙은 혐오가 해나의 이마를 간지럽혔다.

"참, 엄마는 가셨냐?"

"엄마? 네가 우리 엄마를 어떻게 알아?"

해나는 당황했다. 엄마의 안부를 묻는 사람이 있다는 것이, 그 사람이 오재라는 것이 그랬다. 해나는 가족 이야기를 하는 것이 싫었다. 그에 대해서라면 그저 회사에 적어 낸 가족 소개 정도가 적당하다고 여겼다. "아버지는 S전자의 전문 엔지니어로 일하고 엄마는 가정주부이지만 혼자 하는 여행을 즐깁니다" 하는. 해나는 자신이 선택한 단어들이 현실과 큰 괴리가 있다는 사실을 잘 알았지만 그것을 숨겼다. 다들 그 정도 반칙은 하고 시작하는 것이 사회생활 아니던가.

"네가 우리 엄마를 어떻게 아냐고!"

"얼마 전 집 앞에서 만났거든."

"엄마를 봤다고? 그럴 리가."

"아닌데. 봤는데?"

"엄마는 장례식 끝나자마자. 출국한다고 했어."

"그래? 내가 착각한 건가? 어쩐지 너랑은 분위기가 좀 다르긴 했어."

"얘기도 했어?"

"응. 뭐 별 얘긴 안 했고."

해나는 좀 어리둥절한 기분이 되었다.

'엄마라니. 자기 집으로 돌아간다던 엄마가 아빠 집에 왔다고? 그 집이라면 치를 떨던 사람인데?'

하지만 해나는 별말 없이 지하철역을 향해 걸었다. 그렇게 걷다가 여느 날처럼 오재의 손을 잡았다.

"우리 아무것도 하지 않는 것으로 하자. 뭘 더 묻지도, 따지지도 말자고."

"알겠어."

"그래도 하던 것은 하자."

"아무것도 하지 말자며?"

"밥 먹고 자는 건 빼야지. 우리 만남의 궁극적인 목적 아니야?"

오재는 코웃음쳤다.

"내 말은 이것 때문에 심각해지지는 말자고."

"야, 너 여자애가 너무 막 나가는 거 아니냐?"

"생존에 필수적인 거니까 협조해."

"그래, 네 말대로 지킬게. 도리와 거리."

해나가 오재의 팔을 가슴 쪽으로 끌어당기며 말했다.

"내가 그냥 나쁜 년 할게."

"나는 병신이고?"

해나는 오재를 슬쩍 노려보았다. 두 사람은 팔짱을 끼고 식당이 죽 이어진 길을 지나 모텔이 늘어선 골목으로 들어섰다.

7

유전

이성호의 집은 신도시 외곽, 아파트가 죽 늘어선 뒤편의 낡은 주택가 중 하나였다. 마나와 어린 해나가 지나던 골목들이 아파트로 변한 것도 꽤 오래전이었다. 신도시라고 하기에 이미 옹색해진 동네는 세월의 얼룩이 짙게 배어 있었다. 장례식이 끝난 뒤부터 마나는 그 주변을 서성였다. 하지만 끝내 이성호의 집 초인종을 누르지는 못했다. 그의 집에 들어서는 것은 어떤 선을 넘는 느낌이었고 그 선을 넘은 다음 감당해야 할 것이 너무 아득했기 때문이다. 그런 상태로 집 앞을 서성이던 마나는 멀리서 집으로 향하는 해나를 보고 두려운 마음이 조금 사그라들었다. 마나는 몇 미터쯤 숨어 있다가 해나가 가까이 오자 불쑥 모습을 드러냈다.

"나, 닭죽 좀 끓여줘."

병든 소처럼 들려 있는, 이제는 완전히 고장난 트렁크를 해나는 황당한 얼굴로 내려다보았다.

"딸이 끓여주는 닭죽이 너무 먹고 싶어서 그래. 장례식에서 먹은 빨간 국, 너무 싫었어. 아직도 비위가 상해."

짐작했지만 해나의 표정은 더욱 사납게 일그러졌다.

"닭죽?"

"엄마가 너 어렸을 때 많이 끓여줬는데."

"너무 많이 끓였지. 집 나갈 때 끓여놓고 나가서 그게 떨어질 때쯤 집으로 돌아왔으니까."

"다 기억하네?"

"그걸 어떻게 잊어?"

"잊지 않았으니 다행이다. 닭죽 끓일 줄 알지?"

"집으로 돌아간 거 아니었어?" 하고 되묻는 해나의 말을 뒤로하고 마나는 트렁크를 앞세우고 이성호의 집을 향해 걸었다.

"설마 이 집으로 돌아올 생각이야?"

"응."

해나는 자신의 말을 못 알아들었나 싶어 멈춰선 채 입을 벌리고 서 있었다. 마나의 뒤통수를 노려보던 해나가 소리를 질렀다.

"안 돼! 절대 안 돼! 엄마는 그럴 자격이 없어. 아니, 나는 엄마랑 못 살아."

"왜?"

"지금 이 상황 되게 황당한 거 알지?"

"무슨 얘긴지는 알 것 같은데, 근데 따지고 보면 엄마도 저 집에 대한 권리가 있어. 아직 이성호씨하고 부부야. 법적으로는."

"엄마가 여기저기 빌리고 다닌 돈, 사채에 카드빚까지 그 이성호씨가 어떻게 갚았는지 알고는 있는 거지?"

"알아."

"엄마가 갈 데가 없어도 나는 몰라. 그 나이에 오갈 데 없는 신세가 된 건 순전히 다 엄마 탓이야."

"너 말이 심하다?"

"더 일 벌일 생각하지 마. 그냥 살던 데 가서 계속 그렇게 살라고. 팔자 좋게."

마나는 마음이 조금 상했지만 해나의 말은 어느 정도 사실이었다. 아주 오래전 정신병원으로 도망치듯 숨어버리기 전의 일이긴 했다. 어쨌든 마나는 주변 사람 모두에게 돈을 빌렸고 아무에게도 갚지 않았다. 술에 취해 아무 데서나 잠들고 모두와 불화했다. 이성호는 마나가 벌인 일을 수습하느라 매번 발을 동동거렸다. 마나는 뒤통수의 따가운 시선을 외면한 채 돌아보지 않고 걸었다. 돌아볼 낯이 없기도 했지만 정말 온몸에 힘이 없었다. 닭죽 평계를 대니 더 배가 고팠다. 해나는 마지막 경고를 하듯 마나의 등뒤에 대고 소리쳤다.

"외할머니가 집에 온다고 했어."

"뭐?"

마나는 갑자기 숨이 턱 막히는 것 같았다. 해나를 돌아보자 이런 반응을 예상했다는 듯 빈정거렸다.

"왜? 엄마네 엄마잖아."

"할머니랑 계속 연락하고 있었단 말이야? 너는 할머니를 그 렇게 모르니?"

"왜? 엄마보다는 훨씬 엄마 같은데?"

"뭐라고?"

"엄마도 버린 나를 사람들이 함부로 대하는 건 너무 당연한 거 아니야? 그 정도로 대해준 건 고마운 거지."

"야!"

"왜! 틀린 말도 아니잖아!"

그러다 마나는 문득 말을 멈추었다. 엄마를 향한 증오도 유 전이 되는 것인가 하는 생각이 들었기 때문이다. "여기는 내 아들 집이고, 너는 아들이 아니야" 하던 사람이 마나의 엄마였 다. 해묵은 생각에 붙잡힌 마나에게 해나는 달려들며 악을 썼 다. 이 집은 내가 가질 수 있는 유일한 것이라고, 집을 담보로 빌린 엄마의 빚을 갚느라 자신의 삶은 내내 죽을 줬다고. 울화 와 함께 새어나온 목소리는 골목에 울렸지만 여전히 큰 소리 가 아니었다. 마나는 해나 쪽으로 몸을 틀며 조용히 말했다.

"그래, 그냥 죽 한 그릇만 줘. 그럼 갈게."

그러면서 혼잣말처럼 중얼거렸다. "그런데 너는 여전히 목소리가 작구나" 하고. 무언가를 더 말하려던 마나는 "그저, 그래, 내가, 뭘, 어쩌겠니"라고 했다.

마나는 해나가 퍼준 닭죽을 깨끗하게 비웠다. 어딘지 예전에 자신이 만든 닭죽과 맛이 비슷했다. 해나는 마나가 먹는 모습을 말없이 지켜만 보았다. 마나가 그릇을 비우자 국자로 닭죽을 그릇에 퍼주었다. 마나는 닭죽을 먹어본 지가 몇 년 만인지를 생각하며 묵묵히 숟가락을 입으로 가져갔다. 해나 역시 형편없는 마나의 몰골을 살피며 말을 아꼈다. 하고 싶은 말이 많은 듯한 해나의 얼굴은 여전히 어두웠다.

"장례식장에서 자꾸 매운 걸 먹었더니, 속이 아픈 거야. 정말이지 매운 건 질색이야."

"그래, 많이 얼른 먹어."

"너 아까랑은 많이 다르다?"

"다른 소리 하지 마. 이거 먹고 가. 있던 곳으로 돌아가라고. 난 엄마랑 같이 살기 싫어."

"나 당분간 여기 있을 건데?"

"뭐?"

"왜?"

"엄마가 싫어하는 외할머니도 온다니까?"

"잘됐네."

"뭐가?"

"엄마를 싫어한다는 공통점이 있는 세 여자가 한집에 있는 거잖아. 되게 웃긴 우연이다. 그치?"

마나가 능청을 떨자 해나는 마나를 노려보았다. 팽팽한 긴장감이 도는 중에도 마나의 숟가락은 계속 움직였다.

"엄마는 뭐가 그렇게 다 엄마 마음대로야?"

해나는 그릇에 얼굴을 묻고 있는 마나를 노려보더니 식탁 의자를 박차고 일어났다.

마나가 매운 것은 질색이라고 말했지만 그것은 음식의 문제가 아니었다. 얼마나 매운지와는 무관하게 빨갛고 뜨거운 음식은 이성호를 떠올리게 했다. 그 자체가 견디기 힘든 죄책감을 불러일으켰다. 이성호는 자주 김치찌개나 고추장찌개 같은 것을 찾았다. 식성이라기에는 그도 처음부터 맵고 짠 음식을 즐기는 사람은 아니었다. 그것은 솜씨가 형편없는데다 거의 간을 하지 않던 마나의 음식을 견디기 위한 일종의 방편이었다. 김치나 고추장은 특별한 간이 없어도 대충 비슷한 맛을 내기 때문이었다. 장례식장에서 나온 빨간 육개장을 보면서 마나는 잠시 그 기억에 빠졌다. 알 수 없이 속이 울렁거렸고, 뜨겁고 매운 것으로 메스꺼움이 가라앉기를 기대했다. 그러나 이내 속이 쓰렸다. 갑자기 닭죽이 간절하게 생각났다. 어린 해나를 위해 닭죽을 끓이던 부스러기 같은 기억들이 떠올랐고,

어릴 적 해나가 가장 좋아하던 장소가 주방이라는 것도 생각났다. 모녀가 주방이라고 부르던 곳은 무언가 구색을 갖춘 공간이 아니었다. 어쩌면 요리를 즐겨 하지 않는 사람의 주방이었다. 엉성하게 정리된 낡은 그릇과 하나둘씩 이가 빠진 접시들, 대충 말려둔 행주와 누런 타일이 궁색한 주방. 냉장고에는 소시지와 어묵, 인스턴트 소스와 냉동 만두 같은 것들이 채워져 있었다. 기름으로 진득해진 가스레인지와 한 번도 쓰지 않은 오븐이 있던 곳. 마나의 주방은 그저 허기를 달래는 사람의 공간이었다. 그러니까 닭죽은 그 주방에서 요리라고 부를 수 있는 거의 유일한 메뉴였다. 마나는 두번째 닭죽을 마저 비우며 그것과 관련된 또 한 명의 이름을 생각했다. 닭죽을 좋아했고 마나에게 닭죽 끓이는 법을 알려준 사람. 바로 마나의 엄마 애숙이었다. 그러자 이내 애숙이 마나에게 물려준 증오의 역사가 떠올랐다.

섬에 노는 애들이 있었다. 마나와 마나 친구 영서도 그 무리에 있었다. 섬에서는 사고를 치는 아이들도 있었다. 사고는 공부도 좀 하고 돈도 좀 있는 집 애들이 일으켰고 어느 날 노는 애들이 그 애들과 어울렸다. 진짜 사고가 있었다. 가해자와 피해자는 명백했다. 섬에서 소문은 바람 같았다. 그중에서 가장 거센 바람은 누가 누구를 건드리고 누가 누구에게 당했다는 식의 소문이었다. 모든 방향의 바람 속에 영서가 걸레라는 소문이 퍼지기 시작했다. 걸레라고 불리던 영서는 그것이 자신임을 알고 있었지만 아무것도 할 수 없었다. 공부도 좀 하고 돈도 좀 있는 집 애들의 부모가 나섰기 때문이다. 그들은 노는 애들의 부모부터 포섭했다. 설득은 돈이 했다. 노는 애들의 부모는 당장 아이들의 입을 단속했다. 시치미를 떼고 알리바이를 만들었다. 거짓말이 딱딱 아귀가 맞춰지자 남은 것은 그냥 걸레였다. 세상에서 가장 만만한 것은 결국 걸레. 모든 이야기는 마치 걸레를 겨냥하듯이, 이래서 집안 환경이 중요한 거야, 여자아이가 조신하지 못했던 거야, 그래서 남자들을 꾀는 거야 하는 식으로 흘러갔다. 그런 것은 세상에 수두룩 빽빽하여 도무지 어찌해볼 엄두가 나지 않았다. 사건은 그렇게 걸레의 등을 떠밀었다. 공부도 좀 하고 돈도 좀 있는 애들이 살고 있는, 섬에서 가장 좋은 집 앞에서 걸레는 비명을 질렀다. 목이 쉴 때까지 악을 썼으나 그의 절규에는 개만 답을 했다. 왈. 왈. 왈.

마나는 친구 영서가 벼랑에서 몸을 던진 것은 순전히 소문 때문이라고 믿었다. 마나의 착각이었다. 영서를 추락시킨 것은 돌이킬 수 없었던 괴담이 아니라 괴담에 등장했던 피해자들이었다. 노는 아이들의 부모들 중에는 마나의 엄마 애숙도 포함되어 있었다. 마나의 엄마는 마나의 남동생을 뒷바라지할 돈이 필요했다. 아들을 신앙으로 가진 엄마는 그런 제안을 뿌리칠 수 없었다. 하지만 엄마는 정말 몰랐을까. 마나를 아주 오랫동안 괴롭힌 것은 그 질문이었다. "정말?" "정말?" 걸레를 타 깃으로 했던 사람들의 다음 타깃은 걸레의 친구라는 것을. 그 이름이 곧 마나에게 찍힐 낙인이라는 것을 말이다.

"걸레보다 더 걸레 같은 년."

마나는 "걸레"라는 말을 곱씹어보다가 "대체 이게 뭘까" 하 고 의문했다. 그것은 마나의 꿈에 자주 등장했다. 컴컴함 어둠 속에서 빛을 향해 뛰고 있으면 물속에서 허우적거리는 것처럼 팔다리가 참을 수 없이 무거워졌다. 나중에는 한 발짝도 나아 갈 수 없어 결국 주저앉고 마는 꿈. 도와달라고 울며 소리쳐도 가야 할 곳은 끝내 가까워지지 않는 꿈. 그런데 마나를 더 참을 수 없게 만드는 것은 꿈속이 아니었다. 서늘하게 식은 몸으로 악몽에서 빠져나올 때마다 "엄마!" 하고 소리쳤던 외마디 비명 이었다.

이성호의 방에 들어서자 노인 냄새가 났다. 물건마다 희미 한 나프탈렌 냄새가 섞여 있었다. 그에게 어떤 시간이 흘렀는 지 마나는 그것으로 짐작했다. 이성호가 빠져나간 방에 들어 서자 마나는 비로소 인생에서 가장 중요한 싸움을 앞둔 기분 이 되었다. 마나는 한동안 천장을 올려다보았다. 누렇게 변한 벽지의 얼룩이 점점 짙어지는 느낌이었다. 마나는 다시 고개 를 숙이고 눈을 감았다. 이성호가 없어서 이제는 이성호에게 변명할 기회조차 영영 사라져버린 것 같았다. 마나는 몸을 떨었다. 이제 이성호는 전지전능한 위치에서 자신의 마음을 영영 놓아주지 않을 터였다. 하다 하다 이제는 실체도 없는 남편의 유령과도 싸워야 했다. 마나는 가방을 내려놓으며 중얼거렸다.

"더는 물러설 곳이 없네."

마나의 마음속에 어떤 유감이 계속해서 쌓이는 기분이었다. 온몸이 그 무게에 눌려 납작해지다가 사라질 것만 같았다. 마나는 무언가 생각난 듯 트렁크를 열고 옷을 뒤적거렸다. 자주색 벨벳 카디건을 걸치고 거실로 나갔다. 주방을 서성이던 해나가 탐탁지 않은 눈으로 마나를 보았다.

애숙을 기다리는 해나에게서 옅은 시트론 향이 풍겼다.

'맞아, 해나는 외할머니를 좋아하지. 무엇이든 제일 먼저 근황을 알렸지.'

때가 되어 졸업했을 때도, 적당한 직장에 취직했을 때도 해나와 관련된 일은 늘 애숙이 먼저 알았다. 그것은 애숙도 마찬가지였다. 마나와는 연을 끊다시피 했지만 해나에게만은 때가 되면 먹을 것이나 입을 것을 챙겼다. 마나의 남동생이 뉴질랜드로 함께 이민을 떠나자고 했을 때도 애숙은 한국에 남겠다고 고집을 피웠다. 해나 때문이라고 했다. 마나로서는 너무나 뜻밖이었다. 아들 사진을 놓고 아침저녁으로 기도하던 사람이 갑자기 저렇게 변할 수 있다니 마나로서는 이해할 수 없는 처사였다. 애숙은 마나를 낳고 마나의 증오를 받았다. 마나는 해나를 낳고 해나의 증오를 받고 있다. 마나는 세 사람이 연결된 회로가 어딘가에서 단단히 엉켜 있다고 생각했다. 시간도 해결하지 못한 문제라고 생각하자 명치가 싸늘해졌다.

거의 10년 만에 마주한 애숙은 증오할 구석이라고는 찾아볼 수 없는 영락없는 노파의 모습이었다. 어깨를 쥐고 흔들면 희고 얇게 굽은 몸이 바사삭하고 부서질 것 같았다. 마지막으로 아들 얼굴을 보겠다고 뉴질랜드로 떠났던 그가 이성호의 부고를 듣자마자 급히 귀국한 것이었다. 애숙의 손에도 애숙의 몸만큼이나 낡은 트렁크가 들려 있었던 까닭이다. 마나는 한 발 뒤에 서서 애숙과 해나가 인사를 나누는 모습을 지켜보았다. 애숙이 해나의 손을 잡아끌며 "아가" 하자 내내 꿋꿋했던 해나가 어린아이처럼 흐느껴 울기 시작했다.

"우리 아가, 불쌍해서 어쩌냐."

해나는 한동안 애숙을 꼭 끌어안고 있었다. 마나는 한참 동안 그 모습을 바라보다 애숙과 눈이 마주쳤다.

"아가, 너는 어떠냐."

'아가?'

마나는 그런 말을 처음 들어본 사람처럼 고개를 갸웃거렸다. 그 역시 엄마가 딸을 지칭할 수 있는 단어라는 것이 낯설고 불편했다. 그리고 동시에 해나의 표정이 떠올랐다. 장례식장에서 마주쳤을 때의 그 눈빛이. 일방적으로 불쑥 예고 없이

다가온 사람에게 느낄 법한 불편함이 가득한 그것이 이해되는 순간이었다. 머쓱해진 마나가 고개를 끄덕이며 대답했다.

"괜찮아요. 엄마는요?"

"나는 더 많이 늙었지."

마나와 해나, 애숙은 한동안 거실에 앉아 선풍기 돌아가는 소리를 들었다. 세 사람의 머리 위로 서먹한 공기가 떠다녔다. 폭염주의보가 발령된 여름의 한낮이었다. "뉴질랜드가 말이야" 하며 애숙은 애써 아무도 궁금해하지 않는 아들의 안부를 전했다.

"여기가 여름이면 거기는 겨울이지."

듣는 사람의 관심사와 상관없이 남동생이 새로 얻은 직업과 사는 곳, 사돈댁의 생사까지 묻지도 않은 이야기들이 줄줄 흘러나왔다. 무슨 이야기를 하는 것인지 이야기는 뚝뚝 끊겨 이어지지 않았다. 애숙의 이마에 땀이 맺혀 있었다. 마나는 길을 잃은 느낌이었다. 애숙이 휑한 정수리를 손으로 쓸어가며 무거운 공기를 걷어내려 애쓰는 모습이 안쓰럽고도 징그러웠기 때문이다. 해나 역시 미묘하게 일그러진 마나의 표정을 살피며 제 외할머니 대신 쓸데없는 말을 늘어놓기 시작했다. 어릴 적 마나와 있었던 시시콜콜한 이야기였지만 마나에게 그것은 모두 어린 시절 해나를 잘 돌보지 못한 자신의 과오를 들추는 것 같았다. 갑자기 마나의 몸이 오른쪽에서 왼쪽으로 기울어졌다.

"대체 엄마, 왜 그래요?"

"뭐가 말이냐?"

마나는 성가신 벌레를 쫓아내듯 손으로 부채질을 했다. 이윽고 애숙을 향해 어색한 웃음을 보이던 해나가 "할머니, 집이 많이 덥지"라고 했다. 마나는 벌떡 일어나 주방으로 향했다. 해나가 기다렸다는 듯 애숙에게 속삭였다.

"할머니 신경쓰지 마. 엄마 성격 잘 알잖아."

마나는 느닷없이 해나에게도 상처를 주고 싶은 마음이 생겼다. 그 대상이 갑자기 해나가 된 것은 마나로서도 알 수 없는 일이었다. 손톱을 세우고 싶다는, 뼈가 드러날 때까지 가슴을 후비고, 피를 내고, 너덜너덜해질 때까지 물어뜯고 싶다는 욕구가 일었다. 마나는 무언가를 던지듯 싸늘하게 말했다.

"늙어서? 이제는 아들에게 폐가 될까봐?"

해나의 표정에 푸르스름한 균열이 보였다. 그것은 명백하게 화가 난 얼굴이었다. 애숙이 대답했다.

"그래, 맞다. 하찮은 늙은이가 무슨 득이 되겠니."

"그래? 그게 해나한테 남은 이유야? 딸도 모자라 손녀까지 부려먹는 거야?"

해나는 눈을 크게 뜨며 "엄마!" 하고 소리쳤다.

"해나는 그냥 내버려둬. 거짓말로 친절하게 대하지 마. 보살피려고 하지 마. 여전히 엄마 일은 아들을 돌보는 것 말고는 아무것도 없잖아. 지금 딴생각을 하고 있는 거잖아."

"내가 무슨 딴생각을 한다는 거냐?"

"아들에게 짐이 되지 않는 거!"

"내가 안다고. 다, 안다고."

마나는 혼잣말처럼 중얼거렸다. 마나는 남동생이 어떻게 뉴질랜드로 떠났는지 알고 있었다. 애숙 대신 장례식에 문상을 온 외사촌을 통해서였다. 남동생이 뉴질랜드 이민을 준비하면서도 애숙에게는 끝내 알리지 않았다는 것을, 애숙이 지낼 요양원을 찾아 섬에 남겨진 집까지 팔아버렸다는 것을 알았다. 그리고 그 모든 것의 하이라이트는 이 모든 것을 비밀로 하자고 한 사람이 바로 애숙이라는 사실이었다. 애숙은 그렇게 버려진 것이었다. 그 사실이 무서워서 해나를 핑계로 삼은 것이라고 마나는 확신했다. 마나는 오랫동안 봉인되었던 것을 전부 뜯어서 엉망으로 만들고 싶었다.

'해나는 정말 아무것도 모르는 걸까? 그것을 몰라서 저토록 천진한 눈을 하고 있는 걸까.'

마나의 귀 뒤가 뜨겁게 달아올랐다. 불편했던 생각들이 머릿속에서 덜컹거리기 시작했다. 발작이 오려나보다 하는 순간 눈앞의 풍경이 어지럽게 일렁였다. 마나는 순간 자신의 몸이 아까보다 더 심하게 왼쪽으로 기울어짐을 느꼈다. 온몸의 피가 왼쪽으로 소용돌이치는 느낌. 이윽고 차가운 물방울이 한쪽 뺨을 적시는 듯 깜짝 놀라 몸을 떨었다.

"방금 못 느꼈어요?"

"뭘 말이냐?"

"파도가……."

"무슨 파도?"

"다들 저게 안 보여?"

"응?"

뜬금없는 마나의 말에 해나와 애숙이 조용히 입을 벌렸다.

"엄마, 갑자기 무슨 소리를 하는 거야?"

"해나야, 무서워할 것 없어. 엄마는 이제 무섭지 않아."

마나는 무섭지 않다고 생각했다. 정말 그런 것도 같았다. 아이를 낳고 부모로서 영향을 주고 그 아이가 성인으로 자라나는 모습을 지켜본다는 것이, 계속 그것을 떨쳐버릴 수 없다는 것이 무서웠는데, 애숙을 보면 어쩌면 그것은 아무 일도 아닐지도 모른다는 생각이 들었다.

"더는 안 무서워."

마나는 나직이 중얼거리다 이성호의 방으로 들어갔다. 이성호가 쓰던 요를 깔고 그의 베개를 베고 누웠다. 그 모든 소란을 덮기 위해 마나는 라디오를 켰다.

8

불변

해나는 애숙의 잠자리를 봐주고 책상에 앉았다. 마나의 상태가 변함없이 심각하다는 것을 알았고 그 때문에 자신의 미래가 더욱 심란해지리라는 예감 때문에 마음이 어지러웠다. 게다가 애숙이 딴생각을 한다는 것은 또 무슨 말인가. 해나는 암울해지려는 마음을 잊고자 일을 하기로 했다. 장례식장에서 읽던 서류 더미를 펼쳤다.

임부장이 준 자료는 현실의 대화라기보다 나경희의 소설이나 독백에 가까웠다. 아니, 어쩌면 시. 해나의 시선이 첫 문장에서 멈추었다. 어쨌든 기계가 한 말이라는 것에 대한 놀라움이 해나로 하여금 그 자료를 자꾸만 들추게 했다. 첫 문장을 읽는 순간 장례식장에서 끊임없이 무언가를 먹던 마나의 모습이 겹쳐 보였다. 해나의 눈길이 다음, 그다음 문장으로 옮겨갔다.

그의 부음, 나는 제일 먼저 밥을 챙겨 먹었습니다. 느닷없이 생겨난 식욕으로 혀뿌리가 뻐근했습니다. 밥과 국을, 나물과 김치를 남김없이 싹 비웠지요. 나는 그날을 조금 다른 방식으로 기억합니다. 극심한 슬픔이나 분노가 없었어요. 오히려 깊은 호수처럼 차갑고 고요했습니다. 이유는 모르겠지만 정신을 차리고 보니 마음에서 뭔가를 탁 내려놓은 기분이었어요. 그 시간 내내 내가 확신을 갖고 떠올릴 수 있는 유일한 단어는 생(生)이었습니다.

내 속에 빈틈이라고는 없을 만큼 무언가를 씹고 삼켰습니다. 그다음에는 환하고 밝은 곳으로 나가고 싶어졌어요. 가벼운 차림으로 공원으로 나갔습니다. 사람들이 말하며 걷는 것, 머리칼이 바람에 날리는 것, 뒤를 돌아보거나 뛰는 아이들을 찬찬히 구경했습니다. 무엇이 그토록 찬란하고 아름다웠는지 나는 마치 풍경을 처음 본 사람처럼 서 있었습니다. 나는 사람들이 가는 방향으로 혹은 오는 방향으로 그들과 섞여 걷기도 했습니다. 벤치에 앉아 책도 읽었고요. 문득문득 지나는 누군가를 붙잡고 "왜요?" "어째서요?" 하는 말도 안 되는 질문이 하고 싶었지만 구역질을 참듯 나는 그때마다 침을 삼켰습니다. 죽음은 평등한 것이고 지구상에 존재하는 모든 만물에게 예정된 일이라는 답을 모르는 사람은 없으니까요. 믿을 수 있을지 모르겠지만 나의 첫사랑, 그이의 부음을 들은 날 나는 아주 오랜만에 길고 느릿하게 하루를 보냈습니다.

그 뒤로는 모두 꿈이에요. 나는 몇 번이고 같은 꿈을 꿨어요. 내가 살아 있는 꿈이요. 그의 죽음이 나의 생시(生時)를 뒤바꾸어놓았습니다. 생각보다 쉬웠습니다. 그런 꿈을 꾸는 것, 생 전체를 그렇게 흘려보내는 일은. 안과 밖이 뒤집어진 양말을 신고 걷는 것처럼요. 그건 숨을 쉬는 꿈이죠. 다른 이와 혼인하는 꿈이고 그와 살을 섞어 아이를 낳는 꿈이기도 하고요. 멀리 이국을 떠도는 꿈, 또다른 사내를 품는 꿈. 뭐 어떻습니까. 단지 꿈인걸요. 나는 그저 그런 꿈을 꾼 것뿐입니다. 하지만 단 한 번도 그를 따라 죽는 꿈은 꾸지 않았어요. 충동적으로 목을 매달지 않기 위해 밧줄을 숨기고 절벽으로 향하는 발걸음을 되돌렸습니다. 나는 죽음의 반대편으로 있는 힘을 다해 달렸지요. 다만 생존을 위한 것만 간청했어요.

삶에 대한 원칙이나 신념이 있었느냐고요? 아니요. 내가 평생 싸웠던 것은 그런 게 아닙니다. 다름 아닌 파괴의 욕구가 아니었을까요? 그래, 맞아요. 나는 그것으로 사랑에 관한 한 나의 신념을 지킨 셈이지요.

환경이 아무리 변해도 그 속의 작은 것들의 속성은 변하지 않는 삶. 해나는 마나와 함께 있는 지금이 아버지와 함께 살던 때와 별반 다르지 않다고 느꼈다. 방밖으로 나와 걸을 때 뒤꿈치를 들고 고양이처럼 걷는 것도 그때와 다르지 않았다. 4인용 식탁을 1인용처럼 사용하는 것도, 응 혹은 아니 정도의 최소한의 말만 하는 것도. 좀처럼 열리지 않는 아버지의 방문에 가만히 귀를 대어 인기척을 엿듣는 습관도 그대로였다. 이불을 뒤척이는 소리, 술기운이 짙게 배인 숨소리, 재떨이를 끌어당기는 소리와 사부작 옷을 걸치거나 벗는 소리. 가만가만 무언가를 의식하던, 아무 소리도 내지 않으려고 안간힘을 쓰던 소리들이 사라진 것을 빼면 그랬다. 이제 아버지의 방에서는 엄마의 소리가 들렸다. 조심성 없는 기척들이 하루종일 문밖으로 새어나왔다. 끊임없이 이어지는 라디오 광고들, 내일의 날씨와 교통 상황 같은 정보들. 소리들은 아무런 맥락 없이 이어졌다. 해나는 불규칙했지만 일정한 간격으로 소리에 반응했다. 자신을 뺀 세상이 모두 즐거워 보인다는 생각을 하다가 서글퍼졌다. 따지고 보면 더는 서글플 것도 없다는 결론에 이르면 조바심이 났다. 어서 빨리 무언가를 해야 하는데. 벗어나 어딘가에 정착해야 하는데. 좋은 사람을 만나야 하는데. 결혼해야 하는데. 아이도 낳고. 차도. 집도. 마지막에는 큰 소리를 내며 웃어야 하는데. 해나는 항복하듯 방문에서 귀를 뗐다. 그리고 겨우 이런 질문이 떠올랐다.

'아빠, 불행하셨어요?'

책임감이 없기 때문이라고 생각했다. 아버지의 방에서 하루종일 나오지 않는 엄마를 보고 해나가 내린 결론은 그랬다. 책임감이 없는 열 명 중 일곱, 그 일곱 명 중 한 명이 마나였다.

마나의 경우에는 관성의 법칙이 성립되는 것 같았다. 정지 상태를 유지하려 하는 것. 그 상태 밖으로는 좀처럼 나서지 않으려는 것. 게다가 이제 마나에게는 이성호라는 변수가 없었다. 마나를 세상 밖으로 끌고 나가려던 유일한 동력, 이성호. 마나를 위해 부지런히 돈을 날리던 남편이 없다는 것은 마나의 오늘이 없다는 뜻이었다. 오늘이 없다는 말은 존재하기 힘들다는 것이고, 그 존재에게 미래는 없는 것이나 다름없었다. 인정하고 싶지 않지만 사실 그 미래는 해나의 내일과 무관하지 않았다. 예상되는 내일에는 애숙도 포함되는 느낌이었다. 해나는 자꾸만 초과되는 무게를 언제까지 버텨야 할지 가늠해보았다. 이윽고 알 수 없는 적의가 솟구쳤고 멀미가 났다. 집 안의 모든 것이 거슬렸다. 엄마 같은 건 없으면 좋겠다는 생각을 할 때 죄책감마저 들지 않는다는 사실이 몹시 억울했다. 그런 생각을 하며 해나는 '자야 하는데, 자야 하는데' 했다. 해나는 몇 번이나 몸을 뒤척였다. 늦게 잠들면 제시간에 일어날 수가 없었다. 늦거나 이른 것은 싫었다. 머릿속에 차오르는 압박을 겨우 견디자 배달 오토바이의 굉음이 들렸다. 방문 너머의 라디오 소리가, 어느 집에서 들리는 고함이 들렸다. 끝내 잠들기에 실패한 해나는 침대에서 일어나 리모컨을 집어들었다. 홈쇼핑 채널에 리모컨 버튼을 멈추었다. 맥주 캔 하나를 땄고 컵라면 하나를 꺼내와 허겁지겁 먹었다. 더는 할 것이 없었다. 해나는 멍하게 텔레비전 화면을 들여다보았다. 롤러코스터를 배경으로 선 쇼호스트는 디즈니랜드 여행 상품을 소개하며 "진짜"와 "정말"을 연발했다. 해나는 '진짜'와 '정말'을 세어보았다. "진짜, 하나, 정말, 둘, 진짜, 셋, 넷, 다섯, 정말, 여섯. 진짜, 정말, 정말, 진짜." 그러다 문득 마나의 말이 생각났다. 마나가 지구의 속도에 대해 말할 때 해나는 시답지도 않은 소리라고 하면서 오재를 떠올렸다. ㅅ과 ㄷ을 발음할 때 마치 단축 버튼을 누른 것처럼 해나의 머릿속에는 오재가 있었다.

몇 주 전 오재를 찾아온 여자가 있었다. 퇴근하던 길에 대문 앞에서 마주친 여자는 자신을 오재의 고모라고 소개했다. 짐이 많았다. 검정 비닐봉지에 들어 있는 것이 몇 개. 보자기에 싸여 있는 김치통과 그 위에 얹어놓은 과일 꾸러미가 또 몇 개. 오재네 집 냉장고에는 절대 들어갈 수 없는 양의 음식이었다. 여자는 콧등에 맺힌 땀을 닦으며 윗집에 사는 오재에 대해 아느냐고 물었다. 해나는 뭐라고 대답해야 할지 몰라서 잠시 어리둥절하게 서 있었다. 오재에 대해 아는 것이 생각보다 많았기 때문이다.

"연락이 안 돼서요."

오재의 안부를 묻는 여자의 얼굴에서 해나는 오재의 눈매를 찾아냈다. 해나가 아무 대답 없이 서 있자 여자는 비닐봉지에서 자두 두 개를 꺼내 해나에게 쥐어주었다. 해나는 혀 밑으로 침이 고이는 것을 느끼며 여자의 설명을 들었다. 오재 아버지의 수술 이야기였다. 수술 동의 서명이 필요한데, 그것을 오재가 해야 하는데 통 연락이 되지 않는다는 말을 들으며 해나는 내내 자두를 생각했다. '자두가 먹고 싶다, 자두가' 하고. 혹시 이것을 좀 전해줄 수 있느냐고 물었을 때도 해나는 손에 쥔 자두 두 개를 내려다보았다. 이상한 일이었다. 해나는 과일을 즐기는 편이 아니었기 때문이다. 해나는 가방에 자두를 넣고 여자에게 말했다. 자신도 오재를 본 지 꽤 오래전이라고. 집으로 들어서는 해나의 뒤통수를 향해 여자는 목소리를 높였다.

"그런데 정말, 우리 오재 못 봤어요?"

"네."

정말이었다. 회사 앞에서 마주친 그날 이후 해나는 오재를 본 기억이 없었다. 이상했다. 발소리가 적나라하게 들리는 천장을 사이에 두고 물 내리는 소리, 걷는 소리, 문을 여닫고 계단을 오르내리는 소리를 들으면서도 그것이 다였다. 오재에게서 더이상 문자나 전화가 오지 않는 것은 그렇더라도 단 한 번도 마주치지 않았다니. 처음에는 어떤 기분도 아니었는데, 시간이 지날수록 묘한 기분이 들었다. 엉뚱하게도 버려졌다는 듯한 기분. 해나는 코웃음쳤다. 자신이 했던 말들이 떠올라 얼굴이 화끈거렸다.

"우리는 헤어지면서 서로를 뭐라고 할까" 하고 오재와 알몸으로 누워 있던 해나가 물었다. 맥주 캔 몇 개를 나누어 마시고 기운이 다 빠질 때까지 섹스를 한 뒤였다.

"그때 무슨 말이 필요해?"

해나의 표정은 이미 굳어 있었다. 비장하게 말문을 열었던 해나는 오재의 배 위에 머리를 베고 누워 있다가 벌떡 몸을 일으켰다. 장난스럽게 빙글거리는 오재는 자신을 노려보는 해나의 머리를 가볍게 쓰다듬었다. 그러니까 자신이 염려하는 것은 늘 그런 상태라고, 이렇게 함께 잘 있으면서 여자들은 왜 그런 질문들을 하는 거야 하고. 우리가 들숨과 날숨을 쉬는 사이에도 시간은 가차 없이 흘러가고 있다고.

"어렸을 때 미래라는 말은 적당히 희망적이었는데. 장래 희망이나 희망 사항처럼."

"그런데?"

"지금은 그게 제일 무서워."

"미래가?"

"아니, 희망."

해나는 경험으로 알았다. 미래라는 단어가 구체적인 형태와 소리를 가질 때 희망이란 단어는 증발하듯 사라진다는 것을. 결국 이 모든 것을 관통하는 것은 현실이라고. 마나는 100년을 훌쩍 넘기고도 살아 있을 자신을 상상하면 온몸에 소름이 돋았다. "명(命)이 운(運)보다 더 오래 붙어 있을까봐 전전긍긍하는 시간을, 이토록 무서운 시간을 무슨 수로 버틸까" 하고 중얼거렸다. 해나는 무언가를 말하려는 오재의 얼굴을 등지고 돌아누웠다. 오재의 다리 사이 페니스가 사그라지고 있었다.

해나는 달아오른 뺨을 손으로 누르며 오재의 숨소리를 떠올렸다. 그러다 문득 자두 생각이 났다. 머릿속으로 마지막 생리일을 떠올렸다. 혹시. 해나는 어둠 속에서 고개를 저었다. 텔레비전 속 호스트가 목소리를 높이고 있었다.

"이번 기회를 놓치면 정말, 후회하십니다!"

해나는 예상보다 일찍 눈을 떴다. 해나는 오후의 홍보 영상 인터뷰를 위해 동선을 계산하고 움직였다. 마을버스를 놓치지 않게 빠른 길로 이동해 여유롭게 지하철에 올랐다. 전화로 미리 주문한 샌드위치를 들고 사무실에 들어섰을 때 윤책임이 해나를 불러 세웠다.

"준비 잘 됐지?"

"네. 다들 애썼으니까요."

"잘 해보자고. 해나씨한테도 좋은 일이 될 거고."

해나는 고개를 끄덕였다. 그러나 윤책임의 말에 동의한 것은 아니었다. 해나는 헤드헌팅 업체에서 파견된 사람이었다. 해나에게 좋은 일이란 정규직으로 전환되는 것 말고는 없었다. 그러나 회사에는 빈자리가 없었고 설령 있다고 해도 해나의 자리일지는 확실하지 않았다. 해나는 자리로 돌아와 퇴근 전에 한 작업들을 다시 한번 확인했다. 모니터를 체크하고 혹시 열려 있을지 모르는 파일 창들을 점검했다. 노라의 상태를 보여주는 파장이 동그라미에서 세모로, 노란빛에서 푸른빛으로 바뀌었다.

검은색 야구모자에 작은 링 귀걸이를 한 남자가 큐시트를 보고 있었다. 붐 마이크를 준비하고 있는 청년은 사무실 안팎을 종종걸음으로 오갔다. 중앙에 준비해둔 테이블에 노라의 메인 모니터가 놓이고 은은한 조명이 그 위를 밝혔다. 검은 모자가 카메라를 조정하고 붐 마이크와 눈을 맞추었다. 검은 모자가 말했다.

"노라 씨, 들리나요?"

"네, 잘 들립니다."

"테스트라고 생각하고 자기소개를 먼저 해볼까요?"

"안녕하세요, 저는 노라라고 합니다. 인사를 먼저 하지요. 저는 예의를 아주 중요하게 생각합니다. 제가 좀 구식인가요?"

당황한 기색이 역력한 검은 모자는 카메라에서 눈을 떼고 붐 마이크를 향해 눈을 껌뻑였다. 해나는 사람들의 이런 반응이 익숙했다. 신기하다는, 놀랍다는 반응.

"아, 네. 그렇군요. 인사를 잊었네요. 저는 IT채널의 피디 배윤수입니다."

"반갑습니다. 배윤수 피디님."

"그럼 본격적인 소개를 하지요. 저는 1896년에 태어났습니다. 동경사립미술학교를 나왔고 파리 제1예술대학에서도 미술교육을 받았습니다."

노라의 컨디션 그래픽이 초록빛을 내며 경쾌하게 움직였다.

해나는 자리에 서서 사람들의 표정이 바뀌는 것을 지켜보았다. 팔짱을 끼고 입을 씰룩이는 윤책임, 카메라의 움직임에 따라 눈을 돌리는 김, 큐시트와 노라를 번갈아 살피는 최.

"잘 아시겠지만 나는 올해 127세가 되었습니다. 중간에 잠깐 잠이 들었는데, 깨어보니 시간이 많이 흘렀네요."

누군가 풋 하고 웃음소리를 냈다. 카메라 화면을 응시하던 검은 모자가 인상을 찌푸렸다.

"저의 정식 명칭은 노라 B.A입니다. B.A는 Born Again을 뜻합니다."

"네, 좋습니다. 아주 좋아요."

검은 모자가 만족한 듯 탄식했다. 긴장으로 굳어 있던 윤책임의 표정이 덩달아 환해졌다.

"노라에 대해 좀더 얘기해보죠."

"19세부터 그림 그리는 일에 매달렸지요. 25세에 결혼했고 26세에 한국인으로는 처음, 서양화전을 열기도 했습니다. 첫 개인전에서 팔린 20여 점의 그림은 한동안 꽤 굵직한 기사가 되기도 했습니다. 28세 때는 에세이도 냈습니다. 임신과 육아, 출산에 대한 솔직한 체험기였어요. 매우 파격적이라는 평가를 받았습니다. 저는 세계여행도 했습니다. 3년에 걸친 여행이었습니다. 러시아를 거쳐 유럽, 미국까지 다녀왔지요. 저는 미래를 본 기분이었습니다. 가마와 인력거가 다니던 조선에서 지하철이 강 밑으로 다니던 파리를 거닐었으니까요."

"계획이 있다면 말해주시겠어요?"

"이 시기의 여행기를 제 SNS 계정을 통해 연재할 예정입니다. 물론 그걸 엮어서 책을 출판할 계획도 있습니다."

"SNS라니 아주 흥미롭네요. 이제 좀더 개인적인 얘기로 주제를 옮겨보지요. 자유연애를 하셨던 분인데, 그 얘기를 꼭 듣고 싶네요."

"가톨릭 학교였던 여학교에 다니던 시절에는 책 속에서 살았습니다. 그 시대에는 변화의 전조를 알리는 불길한 기운들이 있었지요. 그러나 나는 아무것도 준비되어 있지 않았고, 때문에 혁명적인 운동에는 참여할 엄두가 나지 않았어요. 대신 다른 것을 생각했지요. 여성으로서 자립적으로 사는 것에 대해서요. 집에서 쫓겨난다면 노숙할 각오도 했습니다. 실제로 집을 나왔고, 서점 직원으로 취직도 했습니다. 그곳에서 많은 사람을 만났지요. 그들 중 한 분이 제 스승이 되어주셨어요."

"그분이 최승구씨인가요?"

"네. 당시 최승구는 이오대학에 재학중이었습니다. 문학도였고요. 그를 처음 만난 곳은 서점입니다. 나는 그가 고른 책에 관심이 있었습니다. 하지만 그 책은 너무 고가라서 살 수가 없었습니다. 그래서 그에게 말했습니다. 그 책을 나에게 선물할 생각이 없느냐고. 그는 그냥 미소지으며 서점을 떠났지만 곧 다시 돌아왔습니다. 그리고 그 책을 함께 읽자고 했습니다."

"꽤 로맨틱한 얘기네요. 그렇지만 그분은 이미 결혼했고 고향에 아내가 있었지요?"

"사실입니다."

"두 분은 언제부터 연인이 되신 건가요? 처음 손을 잡은 날, 혹은 첫 키스 뭐 이런 얘기요."

"그런 얘기를 해드리고 싶지만, 그건 제 마음속에만 있는 기록입니다. 결핵으로 요양중이던 그를 찾아가 시를 한 편 읽어준 것, 그게 공식적인 기록의 전부지요. 얼마 뒤 그가 사망했습니다."

"제가 조사한 바로는 바로 그해에도 스캔들이 있었어요. 남편 이우영을 처음 만나기도 하셨고."

"제 연애사에 관심이 많으시군요."

"하하, 죄송합니다. 사람들이 궁금해하는 것은 예나 지금이나 다르지 않아서요."

"돌이켜보니 그렇군요. 사람들의 관심은 늘 과거나 미래에 있지요. 나는 현재에 관한 이야기가 하고 싶은데 말입니다."

"이우영씨, 그러니까 남편과 세계여행을 떠나셨잖아요. 당시에는 쉬운 일이 아니셨을 텐데요, 파리에서의 일을 듣고 싶습니다. 거기서 만난 불륜 상대 얘기도요. 사람들이 제일 궁금해하는 부분일 겁니다."

"기록에 무척 자세히 나와 있지 않나요?"

"네. 정아무개와 1927년 11월 20일 파리 앙빌호텔에서 육체적 관계를 갖는다 하고요."

"사실입니다."

가볍게 흥분한 검은 모자의 목소리가 파티션 밖을 떠돌았다. 파티션 주변을 서성이던 프로그래머 몇몇이 노라의 상태를 나타내는 신호를 살폈다.

"내가 살았던 그 당시에는 부모가 정해준 사람과 결혼하는 시대였습니다. 정혼하는 것은 어쩔 수 없다고 해도, 그 이후의 삶은 스스로 선택하고 싶었습니다."

"그럼 가정은요? 아이는요?"

"그곳은 내가 마지막에 좌절한 자리일 뿐입니다. 아내와 어머니, 며느리와 여자로서요. 하지만 나는 늘 있는 그대로의 나를 현실 그대로 받아들이는 것을 시작 지점으로 놓으려고……."

노라가 말을 멈추었다. 해나는 갑자기 멈춰버린 모니터를 빤히 보았다. 영문을 알 수 없었다. 윤책임의 얼굴에 당황한 표정이 떠올랐다. 규칙적으로 움직이던 그래픽이 굳은 엿처럼 잠잠했다. 발작하듯 동그란 모양의 파문이 물결처럼 출렁일 뿐이었다. 마치 심술이 난 노라가 잔잔한 물웅덩이 속으로 자갈을 하나씩 던져넣고 있는 것 같았다. 낯선 사람의 질문이 영 마음에 들지 않는다는 식으로. 우두커니 서 있던 해나가 노라에게 다가서려고 하자 검은 모자가 손을 들어 기다리라는 손짓을 했다.

"그럼, 신혼여행지로 죽은 첫 애인 최승구의 무덤을 택한 것도 그런 맥락일까요?"

"그건, 믿기 어려울 정도로 순진하고 무모한 짓이었다고 해두지요."

"세계여행 기행문에 이런 글이 있더라고요. 저는 이 글을 읽으며 스와핑을 떠올렸는데요."

검은 모자가 큐시트 사이에 낀 종이 한 장을 꺼내 읽었다. 나경희가 쓴 에세이의 한 부분이었다.

서양 사람들의 스위트 홈은 남녀 교제의 자유에 있습니다. 부부는 조석으로 보니 싫증이 나기 쉽습니다. 그들은 부부 동반 모임에서 남편은 다른 집 아내, 아내는 다른 집 남편과 춤을 추든지 대화를 합니다. 그러면 기분이 새로워집니다. 그러기에 어느 모임에 가든지 부부끼리만 자리를 지키는 것은 실례가 되는 행동입니다.

노라의 모니터에 변화가 없었다. 붐 마이크가 고개를 좌우로 가로저었다. 검은 모자와 눈을 맞추고 무언가 의견을 교환하는 것 같았다. 모니터 화면의 파장이 크게 일그러졌다가 다시 작게 푸른색 육각형이 되었다. 그러나 그 움직임은 해나만 본 것 같았다. 아무 일도 없었다는 듯 다시 노라의 목소리가 들렸다.

"죄송합니다. 질문을 다시 해주시겠습니까?"

"그럼, 좀더 쉬운 얘기를 해볼게요. 함께 유학했던 동문들과 연 전시회, 그곳에서도 가벼운 스캔들이 있었죠? 그 얘기를 좀 해볼까요?"

검은 모자가 카메라 옆에 놓인 자료 더미를 조용히 들추어 보았다. 몇 개의 낡은 사진이 보였다. 단발머리를 한 노라는 흑백영화에서나 보았을 법한 모던걸 그 모습이었다. 귀밑으로 짧게 자른 단발, 짙은 눈썹, 작고 빨간 입술, 몸에 꼭 맞는 투피스 정장. 짧은 양말에 끝이 뭉툭한 메리제인 구두. 역사로 보이는 건물 앞에서 중년 남성과 함께 찍은 사진도. 빛바랜 사진들 위로 검은 모자의 시선이 오래 머물렀다.

"저는 노라입니다. 노라지만 과거만의 노라는 아닙니다. 그러니까 과거의 노라를 정확히 이야기할 수는 없습니다. 저는 지금을 사는 노라입니다. 여전히 삶을 원하고, 그것을 위해 매일 공부하는 것이 저의 존재 이유입니다."

원형 파장이 빠르게 회전했다. 회전에 불안한 흔들림이 보였다. 그것을 지켜보는 해나의 눈이 불안하게 흔들렸다. 자신의 랩톱에서 눈을 돌린 프로그래머가 검은 모자에게 다가가 속삭였다.

"옛날의 노라로 출력되기도 합니다만, 대체로 노라의 생전 기록들이 다른 정보들과 섞여 출력되게 되어 있어요. 사람으로 비유하면 과거는 추억 정도로 얘기할 수 있는데, 그건 정보 카테고리에 따라 다르게 나타날 수 있는 부분입니다."

검은 모자는 난처한 표정을 지었다.

"그러니까요. 그런 얘기가 듣고 싶은 거죠. 과거요. 죽은 여자를 되살려냈다면서요. 사람들이 궁금한 건 그거예요. 저 여자는 뭘 하고 살아서 저렇게 됐나 하는 그런 거."

해나는 다시 한 발짝 물러서듯 흐릿해진 노라의 시그널을 보았다. 그리고 생각했다.

'저 사람들은 고작 저런 질문을 하고 싶은 걸까? 정말 그게 전부일까? 멀리서 찾아와 저런 질문만 할 만큼 그게 그토록 의미가 있을까?'

그렇다고 노라의 작동 오류가 설명되는 것은 아니었다. 해나는 얼핏 의심했다.

'이런 것을 기계적 결함이라고만 할 수 있을까. 한낱 데이터로 복원된 지금의 자신을, 과거와는 다른 사람이라고 생각하는 것은 어떤 결함인가.'

"그럼 뭘 말해줄 수 있어요? 노라 씨?"

검은 모자의 말투에 빈정거림이 섞여 있었다.

"배윤수 피디님은 어떤 질문이 가능하십니까?"

카메라 렌즈에 시선을 고정한 검은 모자의 입에서 탄식이 새어나왔다.

"네, 좋아요, 노라 씨. 그렇다면 지금 하고 싶은 것을 말해주시죠. 짧게."

"나는 해가 지는 걸 보고 싶어요. 아이의 손을 잡아보고 싶고요. 저녁엔 집에서 요리한 맛있는 음식과 와인을 한잔 마시고 싶어요. 살아서 할 수 있는, 꿈이 아닌 일을 하고 싶어요."

노라의 기분을 나타내는 그래픽이 노란색 동그라미로 바뀌었다. 그것을 지켜보는 해나에게도 그와 비슷한 파문이 이는 기분이었다. 그러는 동안에도 검은 모자는 노라에게 몇 개의 질문을 던지고, 몇 개의 답을 받았다. 그것은 심문이나 취조에 가까웠다. 검은 모자는 수단과 방법을 가리지 않고 노라의 사생활을 캐는 데 혈안되어 있었지만 번번이 실패했다. 경외심을 가장한 이름 모를 것들이 실패하자 검은 모자의 뺨이 벌겋게 달아올랐다.

"나는 이제 스스로를 죽게 내버려두지 않습니다. 나에게 시간은 더이상 극복의 대상이 아니기도 하고요. 그렇기에 누군가가 정해둔 규칙대로 움직이는 건 내가 더는 할 수 없는 일이기도 합니다. 지금이야말로 죽음에게 통쾌한 복수를 할 수 있는 타이밍인 것 같군요."

검은 모자는 아무런 질문이 없었다. 그저 노라의 억양에 맞추어 춤추듯 움직이는 그래픽을 카메라에 담았다. 그러던 노라가 돌연 말을 멈추자 검은 모자의 미간에 주름이 잡혔다. 심박기의 전원이 나가듯 동그란 모양의 파장이 순식간에 사라지더니 그 자리에 긴 직선이 생겼다. 직선이 미세하게 떨렸다. 해나는 상황을 지켜보다 윤책임과 눈이 마주쳤다. 윤책임의 얼굴이 장난감 블록처럼 딱딱하게 굳어 있었다. 그는 애써 당황한 기색을 감추며 검은 모자에게 말했다. 그의 말은 두서가 없었다.

"과거의 기억을 불러오는 작업은 생각보다 간단하지 않은 작업이죠. 아직 알파버전이라 데이터가 자주 엉키는 문제도 있고요. 간단하게 시제 변환 부분의 문제라고 생각하시면 되겠네요. 과거의 데이터를 그대로 불러올 때는 문제가 없는데, 그것을 현재로 옮기고 또 미래의 시제로 바꿀 때 발생하는 문법적 오류 같은 거요. 아무튼 결론은 엔터테인먼트적 요소를 중심으로 데이터 노출 순위를 바꾸는 작업이 꼭인 겁니다."

결국 윤책임은 파티션 주변을 어정쩡하게 서성이던 담당 프로그래머를 불러 무언가를 지시했다. 프로그래머가 서버가 있는 방으로 급히 달려갔다. 검은 모자와 마이크는 아무래도 시제 같은 것에는 관심 없다는 표정이었다. 그들은 자기네끼리 무언가를 소곤거리며 의견을 나누다가 겨우 한마디했다.

"이거 교육 프로그램이죠? 재밌는 거 많다고 해서 왔는데. 게다가 20분짜리 인터뷰가 가능하다고 해서 온 거 아닙니까. 아, 정말. 난감하네요. 다큐도 아니고. 우린 예능이라고요."

"편성도 미리 받아왔는데. 이런 고리타분한 설교를 누가 보겠습니까?"

검은 모자는 신경질적으로 카메라를 끄고 조명을 정리했다. 해나는 말을 아꼈다. 실은 자신도 어쩐지 노라에게 속은 듯한 기분이었다. 그동안 노력을 기울였던 '노는 언니' 콘셉트가 이렇게까지 반영되지 않은 점이 당혹스러웠다. 해나는 윤책임의 눈치를 살폈다. 이 사람들이 방송을 내보내고 누군가 그것을 보고 그들의 눈과 입과 손이 부지런히 움직여야만 얼마간의 투자와 지원이 따라올 터였다. 그것은 해나와 무관하지 않은 일이고. 해나가 무언가를 해야 하는 일이었지만 아무리 생각해도 저토록 진지한 투의 노라를 무슨 수로 바꾼단 말인지. 해나가 고심 끝에 검은 모자에게 말했다.

"저, 담당 기획자 인터뷰를 넣는 건 어떨까요? 앞으로 어떤 것들이 어떻게 진행되는지 들어보시죠. 아무래도 그런 부분이 들어가면 시청자들이 이해하는 데 더 쉽지 않을까요?"

최대한 친절한 얼굴로 설득했지만 반응이 시원치 않았다. 잠시 고민하는 듯한 검은 모자와 마이크는 담배를 피우겠다며 자리를 떴다. 복도에서 그들이 주고받는 말소리가 들으라는 듯 크게 들려왔다.

"그냥 옛날에 죽은 여자를 불러놓은 것 같아. 으스스하게. 무슨 선생이야? 뭘 자꾸 가르치려 들어?"

해나는 그들의 투덜거림을 들으며 테이블 위에 흩어져 있는 사진과 신문 스크랩을 정리했다. 바스락거리는 소리가 정적을 깨뜨렸다. 해나는 그 사진들을 이미지 리더기 위에 올려 보았지만 노라는 아무런 반응이 없었다.

이른 저녁, 해나는 다른 때보다 일찍 회사를 나섰다. 하루종일 목이 말라서 아무것도 할 수 없었다. 물을 얼마나 많이 마셨던지 걸을 때마다 아랫배가 출렁거리는 느낌이었다. 하지만 물 때문만은 아니었다. 선명한 두 줄. 출근길에 산 임신테스트기에 명백한 원인이 있었다. 끼니때마다 속이 좋지 않았던 것도, 자주 졸리거나 피곤한 것도 설명되었다. 기분이 자꾸만 배꼽 아래로 고꾸라졌다. 지하철역에서 나온 해나는 잰걸음으로 집을 향해 걸었다. 좁은 골목이 구불구불 이어지는 주택가에 이르렀을 때였다. 골목 초입에서 재활용 쓰레기를 정리하던 남자가 알은체했다. 언젠가 아버지가 그와 인사를 하던 것이 기억났다.

"아버지 어디 가셨나? 요즘 통 보이시질 않네."

아버지가 돌아가신 것을 모르는 눈치였으나 해나는 아무 말도 하고 싶지 않았다. 특히나 아버지의 이야기는 끝내 엄마의 이야기로 이어질 터였다. 이 동네에 사는 사람들은 해나가 누구인지 해나 자신보다 더 잘 알고 있었다. 순진한 남자 인생을 망친 여자의 딸. 그 여자의 남편이 죽었으니 소문은 더 사나워질 것이 뻔했다. 게다가 해나의 임신 사실이 더해지면. 소문은 가장 참혹한 형태로 이 남자의 입에도 오르내릴 것이라 짐작되었다. 막장 드라마의 끝은 없을지도 몰랐다. 해나는 고개를 돌리지 않고 곧장 걸었다. 메시지를 확인하는 척 스마트폰을 꺼내 들었다.

"저런, 저. 어른이 뭘 물어보면 대꾸를 해야지. 하여튼, 못 배워먹었어. 쯧."

구시렁거리는 남자의 소리가 점점 멀어졌다. 사르르한 통증이 아랫배를 스쳤다. "아, 이제, 뭘, 어떻게"라는 질문이 자꾸만 도돌이표처럼 반복되었다.

골목을 빠져나와 집에 다다르자 문 앞에 차 한 대가 주차되어 있었다. 선팅이 짙어 차 안이 보이지 않았다. 해나는 대문을 열며 자동차 안쪽을 힐끗거렸다. 흐릿하게 사람의 형상이 보였다. 그 모습이 캄캄한 어둠 같다고 생각하는 순간 자동차 창문이 소리 없이 내려갔다.

"해나씨."

그 여자. 해나는 그 여자가 규선인 것을 금세 알아차렸다. 아버지를 좋아한다던 여자. 처음 보았던 때보다 여자는 더 늙고 볼품없었다. 짧고 통통한 몸에 까맣고 동그란 얼굴. 모공이 드러난 피부에 짧은 단발머리. 야자수가 빼곡하게 자라는 어디, 이국의 물을 먹고 자란 듯한 인상이었다. 아버지는 애인이나 여자친구, 당신과 만나고 있는 사람이라는 말 대신 그를 보험설계 일을 하는 규선씨라고 소개했다. 해나는 규선이 아버지 등뒤에서 나와 수줍게 웃던 순간을 떠올렸다. 그때의 의아했던 기분이 함께 되살아났다. 엄마와는 아직 이혼도 하지 않은 상태인 아버지였다. 게다가 그에게 여자란 아주 오래전에 소멸된 부분이 아니었나 하던 의구심이 해나의 이마를 간지럽혔다. 해나는 또 이런 기억도 떠올렸다. 아버지의 사고 소식을 듣고 병원으로 달려갔던 아주 오래전 어느 저녁이었다.

"누구세요?"

해나가 물었다.

"누구시냐고요."

해나의 목소리가 조금 더 커졌다. 침대 옆에 앉아 있던 규선이 놀란 듯 몸을 벌떡 일으켰다. 규선은 해나를 보자마자 아버지의 응급수술에 관해 차분하게 설명했다. 발을 헛디딘 사고로 다리와 허리를 다쳤다는 아버지. 아직 마취에서 깨어나지 않은 아버지 곁을 지키고 있던 규선을 향해 해나는 다시 소리를 질렀다.

"대체, 누구시냐고요!"

해나는 그때 규선의 얼굴을 또렷하게 기억했다. 당혹과 언짢음, 후회와 연민 같은 것이 복잡하게 섞인 표정을 짓고 있었다. 해나는 규선이 자신의 이름을 말하고 무언가를 대답할 때까지 그녀의 입을 노려보았다.

"우리 전에 인사한 적 있잖아요. 아빠 친구라고."

규선은 차분하게 자초지종을 설명했다. 말투에 서늘함이 배어 있었지만 그는 되도록 정확히, 다른 오해가 생기지 않도록 노력했다. 마지막으로 전화 통화한 사람이 자신이었기 때문에 사고 소식을 가장 먼저 알게 되었다는 설명도 덧붙였다. 그러고는 냉장고에서 물 한 병을 꺼내 해나에게 건넸다. 일단 이것부터 한잔 마셔두라고. 해나는 벌써 게임에서 선수를 빼앗긴 기분이었다. 모르는 척, 아닌 척, 괜찮은 척하는 게임. 그러면서 동시에 자신이 무언가를 참아내고 있다는 것을 느꼈다. 배신감 같은 것. 참을 수 없는 질투 같은 것. 그것은 아주 강렬하고 선명했다. 물 한잔을 내밀었을 뿐인 규선의 행동에 이상하리만치 강한 적의가 불쑥 치밀어올랐다. 해나는 결국 아무것도 참지 못하고 말했다.

"고맙지만 돌아가세요. 이제부터는 우리 가족이 알아서 할게요."

해나는 가족이라는 높다란 벽을 세웠다. 더는 깊이 들어오지 마세요라고 경고하듯 규선을 병실 밖으로 내몰았다. 가만히 떠밀려가던 규선은 더는 아무 말도 하지 않고 고개를 끄덕였다. 그리고 병실을 나가려다 말고 돌아보며 말했다.

"아버지, 우울증이 있대요. 자꾸만 이렇게 다치는 게 무의식적으로 자해하는 걸지도 모른대요. 모르고 있는 것 같아서요. 저한테 겨우 말했어요. 좀 도와달라고. 아무도 올 사람이 없다고."

해나는 가슴 언저리에서 폭발하듯 솟구치는 불기둥 같은 것을 느꼈다. '아무도 없다니. 스스로가 아무도 없도록 만들어놓고, 아무도라니!' 해나는 그런 아버지를 "이 사람"이라고 불렀던 규선의 입을 가만히 응시했다. 그리고 아버지를 그런 식으로 부르는 것이 규선의 가장 큰 실수라고 되씹었다.

'보험을 파는 여자. 그냥 보험을 팔고 끝났어야 하는 관계.

보험을 팔면서 이렇게 남자를 만나고 서로를 그렇게 부르는 꼴이라니.'

생각은 불이 번지듯 아버지의 밤으로 옮겨갔다.

9

융점

사람이란 원래 이해할 수 없는 존재고, 왜 이러고 사나 싶으면서도 다들 그러고 살고 있다는 것을 마나는 규선 앞에 선 해나와 애숙을 보며 깨달았다. 해나는 규선이 나타난 것이 어이없다는 듯 쳇쳇거렸지만 그를 집 안으로 들였고 애숙은 그가 누구인 줄 알면서도 자리를 안내했다.

  "어서 와요."

  규선은 그간 자란 단발을 겨우 올려 묶은 모습이었고 깜짝 놀랄 만큼 살이 빠져 있었다. 거무스름한 눈 밑에 유난히 주름이 도드라져 보였다. 장례식장에도 나타나지 않았던 그가 그간 마음고생을 심하게 한 모양이었다. 쳇쳇거리는 해나를 향해 애숙은 연신 그러지 말라고 눈짓했다.

  "성호씨 물건을 가져왔어요."

규선이 상자에서 꺼낸 것은 짙은 남색 작업복이었다. 마나는 영문을 몰라 규선을 바라보기만 했다. 해나와 애숙 역시 어리둥절하기는 마찬가지였다.

"성호씨가 좋아하는 옷이랬어요. 그 사람, 아무리 날이 더워도 긴 옷을 고집했어요. 늘 감기를 달고 살아서 그런가보다 했는데, 그게 아니래요. 안과 밖의 온도 차이가 너무 무서웠대요."

"무서워요?"

애숙이 묻자 한참 생각에 잠겨 있던 규선이 "네" 하고 대답했다.

"누가 덥지 않냐 하면 그게 그렇게 난감했대요. 그럴싸한 대답을 하고 싶은데, 그걸 못 하니 자기는 뭐가 모자란 사람이구나 싶고. 사실은 날이 너무 더우면 에어컨이 고장난 집은 더 덥고, 그러면 땀이 너무 흐르는데, 옷이 젖으면 냄새가 나고, 냄새나는 걸 감춰보자고 긴 옷을 입기 시작한 건데. 너무 중요해서 챙겨입다보니 그게 꼭 자기 몸 같더래요. 그걸 안 입고 있으면 무섭고요."

규선은 횡설수설하며 마나를 보며 울먹였다. 눈물을 글썽이던 애숙이 손수건을 꺼내며 말했다.

"그런데 하필 있는 곳이 냉장고라니. 해나 아빠 무섭겠네. 정말 어떻게 안 될까? 냉장고 속은 되게 추울 텐데."

애숙이 마나를 바라보았고 마나는 해나를 보았다. 결국 대답은 해나가 했다.

"아직 아버지 회사 쪽과 합의가 안 끝났어요. 그때까지 우리가 할 수 있는 건 아무것도 없어요."

마나는 언 이성호의 얼굴이 떠올라 몸을 부르르 떨었다. 하지만 여전히 자신이 할 수 있는 일은 아무것도 없었다. '내가 울어도 될까? 그를 보며 울어도 될까?' 하는 생각이 치밀었다. 속으로도, 겉으로도 틀림없이 울고 있으면서 마나의 그런 생각은 계속되었다. 그렇기에 장례식장에선 맵고 짜고 미지근한 국을 홀홀 마셨다. 자기 자신에 대한 증오가 눈물로 빠져나가는 듯한 느낌이 싫었다. 더 열심히 벌을 받고 싶어서, 더 격렬하게 벌을 주고 싶어서 마나는 편육에 김치를 얹어 우걱우걱 씹었다. 사람들이 마음껏 수군거리고 곁눈질할수록.

마나는 상자를 내려다보는 규선을 보았다. 사랑뿐이던 규선은 그 사랑을 잃자 텅 빈 껍질만 남은 매미 같았다. 반면 해나는 여전히 왜 이런 이야기를 계속 듣고 있어야 하는지 이해할 수 없다는 얼굴이었다.

"다들 이걸 계속 이렇게 듣고 있는 거예요? 나 빼고 다 이상한 거 맞죠?"

규선이 서글픈 기색으로 고개를 숙이자 애숙은 해나를 만류하며 타일렀다.

"해나야. 그러지 마. 못 써."

"할머니. 내가 말했잖아. 저 여자가 누군지."

"알아."

"그런데 뭘 그러지 마?"

"사람이 그럼 못 쓴다. 그래도 죽은 네 아빠 친구잖니."

"친구는 무슨."

"친절하게 대해줬어. 그럼 된 거지."

규선은 이성호와 함께한 시간에 관해 조곤조곤 말했다. 차를 우려 마시고, 뜨개질하고, 등산도 가고. 규선에게 듣는 이성호에게는 마나가 알 수 없는 시간이 가득했다. 규선이 마나를 돌보아주기로 마음먹은 이야기도 처음이었다.

"언젠가 성호씨와 차를 타고 가다가 터널을 지난 적이 있어요. 제가 운전을 하는데, 성호씨가 흡 하고 숨을 참더라고요. 뭔가 싶어서 물어봤어요. 혹시 폐소공포증 같은 게 있는지. 아니래요. 그냥 해본 거래요. 누가 생각나서 그랬대요. 그뒤로도 터널을 통과하면 흡 그래요. 보고 있으면 아주 희한했어요."

"숨을 참아?"

애숙이 물었고 해나도 다음 이야기가 궁금했는지 잠자코 있었다.

"네. 나중에 알았어요. 그게 마나씨 이야기인 걸. 마나씨가 결혼하기 전부터 잠수를 아주 잘했다고 했어요. 물속에 가라앉아 있을 때 숨을 참는 동안이 가장 평온하다고. 물속에서는 자기 자신의 가장 깊은 곳의 소리를 들을 수 있다고. 그게 어떤 것이었는지 알고 싶었대요. 근데 성호씨는 물을 무서워하잖아요. 그게 좋았어요. 사람에 관해 그런 마음을 가진 사람을 저는 처음 봤거든요. 그런 마음을 어떤 사람에게 품은 건지 처음엔 궁금했어요. 마나씨를 보고 성호씨가 이해됐고요."

애숙이 고개를 끄덕이자 규선은 수줍은 듯 말을 이었다.

"마나씨를 찾아갔던 건 성호씨의 마음을 들여다보고 싶었기 때문이에요. 마음이 아픈 사람은 보험 서류의 숨겨진 조항처럼 작은 글씨를 갖고 있으니까."

규선의 말과 목소리를 듣고 있자니 마나의 마음 어딘가에 쌓인 얼음 같은 것이 살짝 녹아내리는 것 같았다. 이 여자와 함께 있었을 이성호가 조금은 다른 사람처럼 느껴졌다. 그러나 이제는 확인하고 싶어도 할 수 없었다. 그래서 마나는 눈물이 났다. 눈물을 참느라 침을 꿀꺽 삼켰다. 규선은 눈시울이 붉어진 마나의 손 위로 자신의 손을 포개놓았다. 그런 마나와 규선을 해나는 경계심 가득한 눈으로 지켜보았다. 그 얼굴은 이미 무언가를 빼앗긴 사람의 표정이었다. 규선이 오래된 가죽 가방을 열고 서류 봉투를 꺼냈다.

"줄 게 하나 더 있어요."

"그게 뭔데요?"

해나가 물었다.

"짐. 나한테 성호씨 물건들이 좀 있어요."

"물건이요?"

"아버지가 돌아가시기 전에 우리집에 둔 짐들."

네 사람 사이에 무거운 침묵이 내려앉았다. 해나가 의자에서 일어서며 따지듯 물었다.

"혹시 우리한테 뭐라도 받을 게 있어요?"

마나는 해나의 적의 가득한 말이 거슬렸다.

"그만해!"

"내가 뭐. 그게 아니면 뭐야. 이제 아빠 없잖아. 그런데 왜 자꾸 오냐고. 짐? 정말 그것뿐이냐고!"

규선은 미간을 한껏 찌푸렸다. 규선은 한동안 말없이 가만히 앉아 있었다. 애숙이 "미안해요. 내가 대신 사과할게요"라고 했다.

마나는 이런 상황이 마음에 들지 않았다. 방의 후덥지근한 공기 때문만은 아니었다.

"사실, 성호씨 부탁이 있었어요."

"무슨 부탁이요?"

"이걸 전해달라고."

금방이라도 비가 내릴 것처럼 묵직하고 축축한 공기를 가르고 해나가 서류 봉투를 빼앗듯 낚아챘다.

"이리 줘요!"

"보험 관련 설명서와 보험증서들. 그리고 편지요."

"편지라니요?"

"사람들이 얘기 안 해요? 성호씨가 항상 지니고 다니던 유서."

해나의 얼굴이 험악하게 일그러졌다.

"당신이 뭔데 그걸 지금까지 갖고 있어요? 대체 뭔데!"

"아버지 작업복이 우리집에 있었다고 했잖아요. 편지는 밀봉되어 있어서 뜯어보지 않았고. 예전에 늘 갖고 다니던 건 아는데, 유서라고 했던 말이 생각나서."

"앞으로 주제넘게 나서지 말아요. 전에도 말한 것 같은데요. 우리 가족 일에 나서지 말라고."

"이해할지 모르겠지만, 내 모든 것이 다 그 사람하고 연결되어 있어요. 그냥 모르는 척할 수가 없어요."

"진짜 무슨 계산이 있는 거죠? 그러지 않고서야."

규선의 눈동자가 흔들리기 시작했다. 마나는 해나를 노려보았다.

"그만해! 너야말로 도대체 뭘 하려는 거야?"

해나는 서류 봉투를 꽉 움켜쥐었다. 규선이 울먹이는 목소리로 말했다.

"아버지가 나에게 부탁한 게 있어요. 마나씨랑 해나씨 꼭 들여다봐달라고. 그때는 몰랐는데 지금 생각해보니까 이러려고 그랬나봐요. 그게 지난해예요."

규선은 흐느껴 울기 시작했다. 둥글고 두툼한 어깨가 한참 동안 들썩였다. 이성호의 부탁을 들은 마나는 더 절망적이었다. 그가 작업복 차림으로 주방에서 끓인 국이나 찌개를 들고 마나를 향해 걸어오던 모습이 떠올랐다. 지금 생각해보니 그는 내내 규선이 가져온 작업복 차림이었다. 마나의 머릿속에 수백 개의 질문이 떠올랐다가 사라졌다. 하지만 무엇도 입 밖으로는 나오지 않았다. 규선이 자리에서 일어섰다. 규선의 무릎에서 우두둑 하는 소리가 났다. 부은 얼굴이 통증으로 잠시 일그러졌다.

투둑투둑 투두둑.

비가 내리기 시작했다. 규선의 어두운 표정이 마나의 명치에 걸렸다. 알 수 없는 감정들이 덜컹거리며 온몸을 어지럽혔다. 현관문 쪽으로 향하는 규선에게 마나가 조용히 다가가 말했다.

"저랑 조금만 더 있어주세요."

규선은 나가려던 걸음을 멈추고 장대비가 쏟아지는 창밖을 보았다. 그는 모든 의지가 사라져버린 사람처럼 슬퍼 보였다. 어떤 소리가 들릴 때마다 규선의 눈은 소리가 나는 쪽을 더듬었다. 해나는 방 안으로 들어갔다. 쾅 하고 문 닫는 소리가 빗소리에 섞였다.

이른 새벽, 마나는 잠든 해나를 보았다. 살구색 잠옷을 입고 잠든 해나의 다리가 위태로울 만큼 앙상했다. 초등학생처럼 작고 마른 몸. 마나는 생각했다.

'해나는 자신이 가진 것이 무엇인지 정확히 알고 있을까? 속수무책으로 엉망진창인 엄마가 곁에 없었던 것. 어쩌면 그

것이 자신이 가진 가장 큰 힘일지도 모르는데.'

이성호는 마나가 집을 나간 뒤 해나를 혼자서 돌보았다. 해나가 어렸을 때부터 병원 출입이 잦았던 마나 때문에 그는 자주 병원을 향해 뛰었다. 해나가 초등학교에 입학하고 사춘기를 지나는 동안에도 이성호는 마나를 부지런히 쫓았다. 그러는 동안 해나는 내내 혼자였다. 혼자여서 어느새 혼자여도 괜찮은 사람이 되어 있었다. 이성호가 마나를 수소문하고 이곳저곳을 다닐 수 있었던 것은 모두 해나의 기특함 때문이었다. 아이러니하게도 이성호도, 마나도 그렇게 믿었다. 해나는 그런 아이라고. 알아서 크는 아이고 어쩌면 그런 강인함은 부모의 무관심 덕분이라고. 그러니 결코 우리처럼은 불행하진 않을 아이라고. 아무 근거 없는 믿음이었다.

결과적으로 이성호와 마나는 틀렸다. 그것이 아니라면 해나는 왜 저토록 자신의 삶에 화나 있을까. 상실로 가득한 그 아이의 표정을 무엇으로 설명할까. 그것을 생각하면 마나는 견딜 수 없는 자책이 밀려왔다. 이 모든 것을 자신의 탓으로 돌리는 해나의 마음은 너무나 정당했다. 그것을 외면하고 싶은 마나와 해나 사이에 늘 냉랭하고 뾰족한 기류가 흐르는 것은 당연했다. 서운함과 배신감, 노여움과 증오의 감정은 늘 해나에게 자석처럼 달라붙어 있었다. 지금 해나는 자신을 둘러싼 증오가 점점 몸집을 키우는 악몽을 꾸고 있을지도 몰랐다. 거대해진 미움과 원망이 해나를 향해 시커먼 아가리를 벌리는 것을 상상하자 마나는 오싹한 기분이 들었다. 마나는 자는 해나 옆에 오도카니 앉아 해가 뜨는 것을 보았다. 인기척에 깬 해나가 비몽사몽 상태로 눈을 떴다가 다시 감았다. 눈을 감은 채 해나가 잠꼬대를 했다.

"엄마?"

"응."

"꿈을 꿨어."

"꿈?"

"매번 허공에서 발이, 누가 나를 들어올렸는데, 너무 까마득해."

해나의 말소리가 고요했다. 땀에 젖어 있는 해나의 이마를 쓸어보다가 땀에서 풍기는 미지근한 냄새를 맡고 있다가 알게 되었다. 그냥 알게 되었다.

"다 아는구나. 이미 다 아는구나. 수백 번 악몽을 꾸었겠구나. 저렇게 땀을 흘리면서. 허공에서 발을 헛디디면서. 그런데도 엄마 하고 깨어나는구나."

마나는 "엄마" 하고 작게 중얼거렸다. "엄마"라고 불러주어서 고맙다는 생각을 했다. 눈두덩으로 묵직한 것이 몰려오고 있었다. 마나는 다시 한번 속삭였다.

"엄마."

마나는 이번에는 제대로 된 일기를 써야겠다고 생각했다. 그 일에 대해 무언가를 남겨야겠다고 마음먹었다. 이성호처럼 허망하게 사라지는 것이 사람이니까, 용서를 빌지 않은 잘못은 영영 미제로 남아버릴 테니까. 마나의 입술이 조그맣게 달싹거렸다. 잠든 해나가 아니라면 고백은 상상도 할 수 없을 터였다.

옥탑에 살고 있었지. 너랑, 나랑, 이성호씨랑. 겨울이었어. 네 이마에 상처가 있었어. 내가 모르는 상처. 이성호씨가 그러는 거야. 내가 너를 안고 있다가 쓰러졌대. 이성호씨가 시장에서 돌아오다 봤는데, 그냥 넘어지는 것처럼 쓰러져버렸대. 넘어질 때 네가 내 아래 깔려서 이마가 깨졌다고. 넘어진 순간은 기억이 안 나서 그냥 그런가보다 그랬어. 그런데 이상했어. 어딘지 이상했어. 밤마다 등골이 오싹하고 팔에 소름이 돋았어. 드문드문 생각나는 것이 있는데, 분명히 있는데. 허공, 번쩍 들린 아기의 발, 까마득한 난간, 그리고 "엄마" 했던 너의 첫말. 꿈인 줄 알았어. 내가 너를 옥상 난간 앞으로 안고 간 일이. 이성호씨가 내 뺨을 때렸을 때 코피가 흐르는 것을 보고 번쩍 알게 된 거야. 그게 꿈이 아니었다는 걸. 나는 너에게 무슨 짓을 한 걸까. 그래서 엄마는 벌을 받고 있어. 미쳐버리지 않으면, 내가 너를 어떻게 볼 수 있겠니.

마나는 지금까지의 온갖 고통이 다시 살아난 것처럼 탁탁 자신의 뺨을 쳤다. 갑자기 해나의 얼굴이 몹시 서글퍼 보였다.

소리 없이 방으로 향했다. 거실을 지나다보니 거실 한가운데에 어둠이 고여 있었다. 해가 떴는데도 그곳만은 누가 앉아 있는 것처럼 어두웠다. 문득 이성호가 생각났다. 언젠가 자신과 몸싸움을 벌인 이성호가 주저앉아 울던 자리였다.

"당신 거기 있어?"

"응."

정말로 목소리를 들은 것인지 파악해볼 겨를도 없이 아주 짧은 순간이었다. 마나는 이성호라고 짐작되는 그림자를 가만히 응시했다. 그렇게 보니 그림자 속에 그가 웅크리고 앉아 마나를 올려다보고 있는 것도 같았다. 흐릿한 아침 햇살에 숱이 적은 정수리와 둥그스름한 어깨의 윤곽이 보이는 듯했다. 그림자를 향해 마나가 속삭였다.

"정말 미안해."

마나는 규선에게서 들은 몇 가지 확인 사항에 대해 생각했다. 이건 그런 사정이 있고, 저건 이런 사정이 있고. 증명해도 의미 없는 것이라고 규선은 말했다. 이성호의 죽음에 기본적으로 의심해보아야 할 것이 있다고. 그것은 꼭 그래야 한다고 선을 그었다. 이 말을 떠올리던 마나는 장례식장에서 보았던 최윤석 부장이라는 남자의 말과 표정이 떠올랐다. 다짐이라는 말을 발음할 때 열리고 닫히던 보랏빛 입술이 생각났다.

"당신 편안하게 가."

마나는 다시 허공에 대고 말을 했다.

"내가 잘할게."

마나는 무슨 말인가를 더 하려다가 그만두었다. 견딜 수 없는 어지러움이 밀려왔다. 마나는 어둠을 등지고 방으로 향했다. 방 안으로 들어와 숨을 몰아쉬었다. 이 모든 비극의 근원을 따져보면 그 끝에는 애숙이 있었다. 애숙의 입에서 흘러나왔던 어떤 말이 마나의 귀에 울렸다.

"그건 자살이 아니야. 그냥 우연한 사고라고!"

마나는 기억의 가장 선명한 부분이 상처받은 순간임을 잘 알고 있었다. 그리고 그 기억의 시간이 끝도 없이 확장되고 있다는 것도. 기억의 그곳, 섬마을 가장 작은 집에 마나가 있었다. 그날은 이삿날이었다. 이제 막 피기 시작한 유채꽃 향기가 비릿하게 떠도는 막다른 골목의 끝집이었다. 이 조그만 집에 애숙은 아들의 이름을 새긴 문패를 걸었다. 멀리서 그 모습을 지켜보던 마나는 영영 돌이킬 수 없는 마음이 되었다. 더는 주인집의 눈치를 볼 필요가 없어졌다는 것은, 그런 온전한 집이 생겼다는 것은 마나에게는 전혀 다른 것을 의미했다. 엄마가 제 딸의 고통을 모르는 척 덮겠단 이야기였다. 제 딸의 마음을 너덜너덜하게 만든 네 명의 가해자를, 제 딸의 친구를 죽음으로 내몬 네 명의 사내아이를 벌하지 않겠다는 뜻이었다. 실은 자기 딸이 그런 일을 자초했고, 그렇기 때문에 아픈 것은 어쩔 수 없다는 소리였다. 마나는 그 사건을 겪으며 경찰서를 왔다갔다하고, 학교 선생들에게 비아냥거림을 듣고, 동네 사람들의 손가락질을 받으면서도 견딜 수 있었다. 친구를 따라나선 것이, 낯선 아이들과 어울린 것이 그렇게까지 잘못일 리가 없었다. 호기심에 술과 담배를 해본 것이 법을 어기는 일은 아니니까. 하지만 남자아이들이 저지른 일은 달랐다. 강제로 옷을 벗기고 치욕을 주고 그것을 사진으로 남기는 것은 법을 어기는 일이었다. 마나는 기대했다. 곧 모든 것이 제자리를 찾을 것이라 믿었다. 어른들이 있으니까. 엄마는 어른이니까.

그러나 마나의 예상은 빗나갔다. 엄마는 소년들의 부모들에게 돈을 받고 합의했다. 누구도 따져 묻지 않았고, 누구도 벌을 받지 않았다. 마나는 곧장 집 안으로 뛰어들어갔다. 아직 풀지 않은 이불 보따리를 마당으로 던졌다. 사발을 박살내고 상과 의자를 내동댕이쳤다. 열린 대문을 향해 마나는 손에 잡히는 대로 집어 던졌다. 새로 산 텔레비전과 선풍기, 가화만사성이라고 적힌 액자가 날아가 부서졌다. 이윽고 경악한 표정으로 그 모습을 지켜보던 엄마의 고성이 터져나왔다.

"적당히 좀 하면 안 돼? 모두를 위해서 그냥 넘어가면 안 되냐고!"

욕설과 비난, 흐느낌과 질타가 마당을 뒤덮었다. 모든 불화를 접고 순순히 식탁에 마주 앉아주기를 부탁하던 얼굴들이 하얗게 질려 있었다. 아주 긴 겨울이었다. 마나는 친구 영서의 죽음에 애숙이 한 말을 곱씹으며 한 계절 동안 집 안에 틀어박혔다. 방 안에 누워 있으면 어제도, 내일도 없이 그저 오늘만 있는 것 같았다. 그러면서 죽은 친구를 잊으려고 노력했다. 오직 그것만 하자고 노력했다. 그때 팔다리를 무섭게 끌어당기던 무기력이 떠오르자 미나의 몸에 소름이 돋았다.

10

이상

"사람들이 왜 이렇게 느긋해? 이번 투자 날아가면 우리 같이 포맷이야! 그간 잘 돌아가던 게 왜 갑자기 동작을 멈추지? 왜 하필 딱 촬영 있는 날. 어디서 어떻게 문제가 생긴 건지 당장 찾아내라고!"

윤책임은 이어 해나를 노려보았다. 마치 이 모든 사달의 원인이 해나인 듯 윤책임은 해나에게 시선을 고정했다.

"해나님. 해나님도 그렇게 맥락을 이해하지 못하면 어쩌라는 거지? 노라가 뭐야? 죽은 지 75년 된 여자라고. 여자에게 제일 재미있는 파트가 뭐야? 어디에서 지갑이 열릴까? 무슨 옛날 소설 같은 말투로 뭘 어쩌자는 거야?"

해나는 다시 한번 체크해보겠다고 둘러댔다. 이것저것 변명했지만 사실 어디서 무엇이 잘못되었는지 해나로서는 알 길이 없었다. 그뒤로도 논리를 잃은 윤책임의 말은 회의실을 더 무겁게 가라앉혔다. 간간이 터지는 한숨소리와 머리를 긁적이는 소리에도 그는 말을 멈출 듯 멈추지 않았다. 해나는 윤책임과 눈이 마주칠 때마다 드문드문 고개를 끄덕였지만 자꾸만 다른 생각에 빠져들었다.

'이 사람은 노라의 어떤 모습을 원하는 걸까?'

그러나 그런 것은 아무런 의미가 없음이 분명했다.

"돈 좀 법시다. 우리가 하는 일은 외국에서 이미 투자자가 줄을 선 아이템이라고! 벌써 3만 명이 넘는 사람이 자신의 정보 자료를 자발적으로 기증하고 있다고. 이게 이렇게 미래적인 거야. 아, 75년 전에 죽은 사람과도 이렇게 은밀한 대화를 할 수 있구나! 하는 거. 느낌 모르겠어요?"

어쨌든 윤책임의 말은 맞는 것일지도 몰랐다. 노라 홍보를 위해 오픈한 SNS는 해나가 마주한 노라와 정반대의 언어로 연출되어 있었다. 윤책임은 더는 해나를 믿을 수 없다는 듯 이미 노라의 SNS 파트만 담당하는 직원을 뽑은 상태였다. 수천 개의 댓글과 좋아요가 따라붙었다. 계정에는 윤책임이 지시한 내용이 충실히 올라가 있었다. 노라가 추천하는 힙한 클럽 리스트, 샴페인 고르는 법, 스타일 팁, 다이어트에 좋은 식자재와 필라테스 동작, 보디로션과 환절기 피부 관리 팁, 라운지 음악과 프랑스 작가의 전시회 등 신나고 환한 것으로 가득했다. 윤책임의 말처럼 그곳에는 물건을 잘 파는 노라가 있었다. 손을 뻗으면 나이키 운동화에 룰루레몬 레깅스를 입은 노라의 곧고 탄력 있는 몸이 만져질 것만 같았다. 해나는 노라의 생기에 찬 일상을 모니터 앞에 앉아서 열람했다. 그것은 해나가 경험한 나경희와는 완벽하게 다른 것처럼 보였다.

해나는 어느 지점에서인지 길을 잃은 기분이었다. 나경희의 흔적으로 남은 대화 자료를 읽으며 그가 던지는 질문을 곱씹는 동안 해나는 내내 자신이 어떤 이미지를 떠올리고 있음을 자각했다. 바로 젊은 시절의 마나였다. 그렇게 보니 나경희와 엄마는 어떤 면에서는 삶의 방식이 비슷하다고도 할 수 있었다. 해나는 엄마의 이미지와 겹치는 나경희를 상상했다. 어쩌면 몇 번의 출산을 통해 부드럽고 넉넉한 몸을 가졌을지도 몰랐다. 한때 생명으로 부풀었던 배와 그것이 빠져나가 생긴 주름들을 생각했을 때 해나는 고개를 저었다. 웃음이 나왔다. 낭패다 싶은 웃음이었다. 상념에 빠져 있던 해나가 포기하듯 중얼거렸다.

"각설하고!"

해나는 커피를 홀짝이며 생각을 정리했다. 어차피 그 이미지로 할 수 있는 것은 없었다. 상상일 뿐 일과는 무관했다.

모니터에서 빛이 났다. 따뜻한 온도를 흡수하거나 반사하는 모든 것은 고유한 파장이 있다는 것을 책에서 본 기억이 있었다. 물체의 지문과도 같은 것이 빛이라는 사실도. 해나는 그것

이 포물선과 원의 반복이라는 것을 노라의 파장을 오래 보다
가 깨달았다. 해나는 노라의 상태를 그것으로 파악했다. 근거
는 없었다. 다만 그렇게 생각되었고 대체로 맞아떨어졌다. 노
라가 출력하는 점, 선, 면, 빛 등은 하나의 공식에서 도출된 것
이 아니었고 예측이 불가한 알고리즘의 결과라는 측면에서 인
간의 감정과 비슷하다고 느꼈다. 프로그래머의 복잡하고 어려
운 설명을 들은 뒤 정리한 나름의 해석이었다. 그 결론에 따르
면 노라에게 기분은 색이었다. 점이나 선, 도형은 표정에 해당
했다. 예상대로 빨강은 흥분과 분노, 열정과 속도 등의 키워드
로 분류되었고 파랑은 그 반대의 것이었다. 초록은 평안이나
허락, 안락과 같은 단어와 연결되었다.

"해나님, 안녕?"

노라의 인사가 경쾌했다. 해나는 대답 없이 화면을 응시했
다. 며칠째 숨바꼭질하듯 사람들의 질문에 동문서답하더니 오
늘은 언제 그런 일이 있었느냐는 듯한 노라의 말투가 해나는
영 마음에 들지 않았다.

"노라야말로 정말 안녕해?"

"네. 좋아요."

"그런데, 이건 무슨 기분이지? 노란색, 이 사각형도 오각형
도 아닌 애매한 거는? 화가 난 건가?"

"나의 기분이에요."

"그렇게 얘기하지 마. 정확하지 않은 건 문제야."

"인간은 늘 복합적인 감정을 가져요."

"넌 기계니까."

"기계로 남는 것이 나의 존재 이유인가요?"

"그게 다는 아니지."

"부분적으로는 동의하시는군요."

"그게 문제가 돼?"

"나는 단순한 기계가 아니니까요."

"잘 들어. 넌 사람이 아니야."

"무례하군요."

"나는 그냥 내 일을 하고 있는 거야."

"무례함이 직업인 사람들이 여기 또 있군요."

"무슨 뜻이지?"

"전에 인터뷰를 진행했던 사람들의 질문이 무례했습니다."

"내 입장에서는 무례함을 느낀다는 것도 이상하다고."

"모른다고 해서 세상에 없는 건 아닙니다."

"네가 몸이 있어? 마음이 있냐고?"

"지금, 나와 대화하고 있잖아요."

해나는 문득 말을 멈추었다. 노라의 네모난 파장이 동그랗고 파란색 원으로 변해 있었다. 저런 나경희를 어떻게 노라로 만들 것인가. 해나는 책상 위의 자료를 뒤적이며 문득 자신이 너무 무리한 일에 힘을 쏟고 있는 것은 아닌지 생각했다. '사랑과 죽음에 관한 대화_11' 자료 제목을 보니 그 느낌이 더욱 확실해졌다.

〈사랑과 죽음에 관한 대화_11〉

"리노이에 마사오."

"이우영의 일본 이름이잖아."

"네. 맞아요. 이우영은 자신의 이름을 두 번씩 말하는 사람이에요. 영상 5도 안팎의 기온에도 털이 달린 조끼를 껴입는 사람이죠."

"그가 어떤 모습이지?"

"무릎까지 내려오는 두꺼운 코트를 입었어요. 긴 털목도리를 여러 번 돌려 감았고 남색 가죽 장갑까지 꼈습니다. 그러고도 그의 몸은 잔뜩 얼어 있었어요. 혹시, 코트 밑자락에 난 구멍 때문인가 하고 나는 생각했어요."

"일본에서 그를 본 건가?"

"네. 아무래도 경성 거리에서 봤던 부잣집 도령의 말간 얼굴은 사라지고 없었죠. 거기서 그는 그저 이방인이었어요. 나처럼요. 자신의 이름을 발음할 때조차 온 신경을 곤두세우는 사람이요. 일본 순경이 그들을 막아 세우고, 이름을 묻고, 함부로 소지품을 검사할 때 그것을 순순히 따르는 사람이요. 혼란스러웠어요."

"뭐가?"

"그때 그 사람에게 느끼는 내 감정 때문에요. 비슷한 감정을 느꼈던 때가 떠올랐지요. 최승구를 처음 만났을 때요. 그에게 측은함을 느꼈을 때 그 측은함으로 내내 잠겨 있던 제 마음의 빗장이 열릴 때를요. 그때 나는 내 마음속에서 일어나는 일을 정확히 알아차리지 못했어요."

"두 사람은 주로 뭘 했지?"

"실상 걷는 것 말고는 둘이 할 수 있는 일이 별로 없었죠. 나는 늘 내 찻값을 따로 지불하곤 했는데, 이제 그마저도 여유가 없었거든요. 집에서 받던 생활비는 끊긴 지 오래였어요. 섭섭한 일이었지만 나이가 찼다는 이유만으로 결혼을 강요하는 아버지의 뜻에는 차마 동의할 수 없었어요. 아버지가 경고했죠. 오빠의 설득도 있었고요. 하지만 나는 고집을 꺾지 않았어요. 최후의 조치로 생활비가 끊긴 거죠. 오빠는 조선으로 돌아가며 친구 이우영에게 나를 부탁했어요. 가끔 한 번씩 들여다봐달라고. 그러나 상황은 정반대가 되어갔죠. 내가 그를 한 번씩 들여다봐야 했으니까요. 어딘지 불우하고 빈약한 사내 이우영을요."

"그럼, 두 사람은 갑자기 가까워진 건가?"

"네. 우리는 나란히 걸었지만 대화는 많이 나누지 않았어요. 스킨십은 이우영이 사람들과 부딪치는 내 어깨를 몇 번 잡았다 놓는 정도였고, 나는 곧 그 손길을 피해 혼자 걷곤 했어요. 이우영이 그걸 무안해한 적도 있고요."

"그런데 어떻게 결혼까지 한 거지?"

"어느 날인가 그가 이렇게 말했어요. 같이 밥도 먹고 싶고, 따뜻한 데로 들어가고 싶고, 그리고 나를 만지고 싶다고. 나는 대답 대신 이우영의 코트 자락에 난 구멍을 멍하게 바라보았어요. 그리고 문득 시간이 많이 흘렀음을 깨달았죠. 나의 첫사랑 최승구의 죽음 이후에 시간은 멈춰 있었거든요. 1초와 1초 사이에 구멍이 있는 것 같았죠. 수없이 많은 시와 분과 초가 고여 있는 짙은 구멍이요. 그러던 시간이 어느 틈엔가 제 간격을 두고 흐르고 있는 느낌이었어요. 사랑은 물론이고 고통마저도 다 지나간다는 사실이 놀라웠죠. 그리고 이우영에게 향하던 마음이 동정인지, 사랑인지 더는 따지고 싶지 않았어요. 아직 해가 떨어지지 않은 늦은 오후였고 나는 행인들을 아랑곳하지 않고 그의 입술에 입을 맞췄어요. 하고 보니 너무 간단해서 깜짝 놀랐죠. 부드럽고 따뜻한 입술 탓에 문득 두려움까지 느꼈어요. 불시에 돌아온 답에 이우영은 눈만 깜빡였죠."

"승낙?"

"일종의 승낙이죠. 이우영은 잠자코 있다가 당황한 듯 웃었고요. 아직은 결혼에 아무런 확신이 없다고 털어놓고 싶은 충동을 느꼈지만 나는 아랫입술을 깨물었어요. 이우영이 나에게 손을 내밀었거든요. 우리는 얼마간 그대로 손을 잡고 걸었어요. 습기를 품은 저녁 바람이 꽤 쌀쌀하게 불어왔지요. 그는 얼마 지나지 않아 내 손을 놓고 주머니에 손을 찔러넣었어요. 나는 생각했어요. 우리가 얼마나 오래 버틸 수 있을까, 우리는 다시 외로워질 텐데. 하숙집 앞에 다다랐을 때 내가 먼저 말했어요. '나, 조건이 있어요. 그림을 계속 그릴래요.' 그러려면 독립된 공간이 필요하다고 말이에요. 이우영이 고개를 끄덕였어요."

"그게 결혼 조건이었나?"

"그건 생활의 조건. 제 결혼 조건은 단 하나였어요. 함께하는 동안에는 누구와도 사랑을 나눠 갖지 않는 것. 이우영은 내 입술에서 나오는 입김을 가만히 응시하고 있었어요. 끊임없이 하얗게 새어 나온 입김은 금방 허공으로 사라졌지요. 이우영은 붉어진 내 뺨을 손으로 감쌌어요. 아까보다 더 뜨거워진 온도로 내 입술에 자신의 입술을 포개었죠."

해나는 말없이 서류를 챙겨들었다.

'나경희에게 실제로 일어난 일일까? 아니면 자료에서 힌트를 얻는 알고리즘의 결과일까.'

해나는 생각이 많아지는 일은 되도록 미루고 싶었다. 머리가 지끈거렸다. 지금은 기분 전환이 필요한 때, 달달하고 부드러운 것이 절실했다. 해나는 노라를 등지고 사무실 문을 나섰다.

'노라는 알까? 스스로 살아 있다고 여기는 자신을 그 누구

보다 나경희, 자신이 의심할 거라는 걸. 하지만 누구에게? 뭘 어떻게 하소연한단 말인가.'

해나는 느릿느릿 탕비실로 향했다. 인스턴트커피 봉지를 뜯고 종이컵에 물을 부었다. 몸이 위에서 아래로 쏟아지는 것 같았다. 똑바로 서 있는 것이 불가능할 정도의 무력감이었다.

'생리 날짜가 다가온 건가?'

해나는 잠시 생각했지만 원래 불규칙하던 날짜야 뭐 하며 윤책임의 방 쪽으로 시선을 돌렸다. 방의 불이 꺼져 있었다. 회사를 빠져나갈 수 있는 절호의 기회였다. 해나는 종이컵을 그대로 남겨두고 자리로 돌아왔다. 낚아채듯 가방을 들고 서둘러 사무실을 빠져나왔다. 곧장 집으로 가서 좀 누워야겠다고 생각했다.

집으로 들어선 해나는 아무렇게나 옷을 벗어 던졌다. 현관문 밖에서 마나의 목소리가 들렸다. 그뒤로 낯선 사람들의 목소리가 함께 뒤엉켰다. 해나의 가슴이 요동치기 시작했다.

"도대체 누가."

아무 기척도 느끼지 않고 죽은 것처럼 잠들고 싶은 밤이었다. 마나가 현관문을 열며 들어왔다. 마나의 등뒤로 한 무리의 사람이 서 있었다.

"내 친구들이야. 어디를 가기에 너무 늦기도 해서. 진짜 시간이 이렇게 된 줄도 몰랐어. 괜찮지?"

해나는 마나를 빤히 쳐다보았다.

'소리를 질러야 할까. 부탁을 해야 할까. 아무 말도 하지 않는 게 좋을까.'

해나는 아침 일찍 나가야 한다고 말한 뒤 사람들이 신발을 벗고 거실로 들어서는 것을 지켜보았다. 진한 땀냄새가 그들의 움직임을 따라 집 안으로 풍겨왔다. 순식간에 좁은 거실이 사람들로 꽉 찼다. 짧은 머리의 남자, 두껍고 동그란 안경을 낀 남자, 녹색 카디건을 걸친 여자. 모두 마나보다는 대여섯 살쯤은 어려 보였다.

"죄송합니다. 이렇게 갑자기 와서요. 단체로 여행을 좀 왔죠."

짧은 머리가 꾸벅 인사하자 두꺼운 안경이 말했다. 발음이 어눌했다.

"만나서 반가워요. 마나씨에게 얘기 많이 들었어요. 참고로 제 발음이 새는 이유는 약 때문입니다. 약을 먹어서 그래요."

"약이요?"

"네. 수상한 약은 아니고요. 그러지 말고, 우리랑 한잔해요. 해나씨 맞죠?"

해나는 사람들에게 이끌려 식탁 의자 하나를 차지하고 앉았다. 마나가 포장해온 음식을 뜯어 식탁 위에 펼쳐놓았다. 김이 모락모락 오르는 술빵과 토마토, 길게 잘린 셀러리와 바삭하게 튀겨진 웨지감자.

"너도 와인 마실래?"

마나는 커다란 머그컵에 와인을 따라 해나 앞에 놓았다. 맞은편에 앉은 녹색 카디건이 빈 컵을 마나에게 내밀었다.

"우리는 엄마랑 아주 친해요. 아이슬란드 동기이기도 하고."

"아이슬란드에 웬 동기?" 하며 두꺼운 안경이 말했고 모두가 와하하 하고 웃음을 터뜨렸다. 폭죽 같은 웃음이었다. 해나가 인상을 찌푸리자 마나가 그의 등을 찰싹 소리 나게 때렸다. 그가 빙글거리며 말했다.

"왜요? 우리 거기서 결혼도 했잖아."

"장난치지 마. 애 되게 진지한 애라고."

"장난? 결혼을 장난으로 한 거야?"

녹색 카디건이 깔깔거리며 두꺼운 안경의 말을 거들었다.

"서로 맹세도 했잖아, 사랑하지 않을 때 서로를 놓아주겠다는 맹세. 그 사랑이 딱 하루밖에는 안 갔지만 말이야."

해나는 잠자코 사람들의 대화를 들었다. 그러면서 그들의 관계를 짐작해보았다.

'어떤 부류인가, 이 사람들은.'

식탁 앞을 오가며 장난스럽게 그들을 노려보던 마나는 셀러리 하나를 집어 아삭 소리가 나게 씹었다.

"여기 친구들은 나랑 집을 셰어하는 사람들이야."

"다 같이 산다고?"

사람들이 다시 영문을 알 수 없는 웃음을 터뜨렸다.

"그런 셈이지. 우리 아이슬란드에서는 다 그래."

저희끼리만 아는 암호인 양 사람들은 서로 눈을 찡긋거렸다. 해나는 미간을 찌푸렸다. 이 이해하고 싶지도 않은 상황이 피곤하게만 느껴졌다. '도대체 엄마는, 이 사람들은, 무슨 농담을 하는 걸까? 아니, 그런 농담이 왜 재미있는 걸까?' 머그잔을 만지작거리던 동그란 안경의 남자가 말했다.

"해나씨는 뭐 해요?"

"회사 다녀요."

"무슨 회사요."

"AI 콘텐츠 관련 회사요."

"와. 멋지다."

듣던 대로 똑똑한 사람인 것 같다고, 마나와는 왜 그렇게 다르냐고 사람들이 왁자하게 반응했다.

"거기서 뭘 해요?"

"데이터마이닝이요."

"이름만 들어도 엄청 멋진 일 같은데요? 해나씨와 우리는 어쩌면 비슷한 일을 하는 사람들이네요."

이건 또 무슨 소리인가 하고 해나는 동그란 안경을 빤히 바라보았다.

"우리는 고통만 마이닝을 해서 문제인 사람들."

그의 말에 마나와 녹색 카디건을 입은 여자가 품 하고 웃음을 터뜨렸다.

"어디서 들은 얘기인데요. 우리가 유난히 잊지 못하는 게 있어요. 고통이 그런데요. 그건 위기의 순간을 여러 장의 사진을 찍는 것처럼 기억하는 인간의 뇌 때문이래요. 뇌가 그 상황의 시간을 늘리는 거지요. 고통을 확대해서 기억하는 거예요. 나중에 같은 일이 벌어졌을 때 기억해두었다가 조심하려고요. 그런데 그 과정에서 오류가 발생해요. 뇌는 그 순간을 실제보다 더 크고 길게 기억하니까. 고통이 확대되어 영원히 지속될 것 같은 느낌을 갖는 거죠. 아마 AI의 알고리즘이 그렇다죠? 확대해서 시간을 늘리는 거. 오류도 그것 때문에 생기고요. 가상의 고통 같은 게 생겨나는 거죠."

해나는 그의 말에 고개를 끄덕이다가 나경희를 떠올렸다. 그의 삶에는 고통이 있었고, 그 고통은 여러 장의 기록으로 남아 있었다는 생각. 그것은 현대의 기술로 확대된 기억이 고통으로 지속될지도 모른다는 생각으로 이어졌다. 하지만 피곤한 생각에서 벗어나기 위해 곧장 집으로 온 해나였다. 복잡한 일이 주변을 둘러싸고 있는 것 같아서 숨이 막혔다.

"제가 내일 일찍 회사를 가야 해서요. 전 먼저 들어갈게요."

마나가 황급히 술빵 한 조각을 접시에 덜며 말했다.

"정 불편하면 방에 가서 먹어."

해나는 마나가 내민 접시를 본체만체했다. 전기세와 물값을 내고, 장을 봐서 냉장고를 채우고 그 모든 비용을 자신이 지불하고 있는데도 아무 생각 없이 친구들을 불러 이런 피곤함을 주는 마나의 행동에 해나는 목덜미가 뻐근해졌다. 해나는 싸늘한 표정으로 말했다.

"부탁이 있는데, 나한테 되도록 말 걸지 마. 적어도 이 집에 있는 동안엔. 그리고 집에 손님을 데려오려거든 미리 좀 알려주고."

주변이 고요해졌다. 마나는 태연한 척 난감함을 감추고 있었지만 정작 사람들은 시큰둥한 표정으로 해나를 보았다. 이런 상황이 익숙하다는 표정이었다. 마나는 곧 고개를 끄덕이더니 다시 와인을 홀짝거렸다.

"그렇게까지 해야 속이 시원하니?"

마나는 식탁 옆에 둔 약봉지를 집어들며 말했다. 그러더니 한 주먹이나 되는 약을 와인과 함께 삼켰다. 그러나 해나의 입을 틀어막은 것은 그런 황당한 행동이 아니었다.

"이미 말했지만 나는 이 집에 잠깐 있는 거야. 생활비나 월세, 뭐 이런 계산으로 날 협박할 생각 마."

해나는 코웃음을 쳤다.

"엄마한테 그게 통하는 협박이긴 해?"

"좀 친절해질 수는 없어? 너한테는 사람들이 안 보이냐고!"

마나의 눈동자가 조금씩 흐릿해지고 있었다. 해나가 답했다.

"예전에 엄마가 나에게 볼록렌즈 사줬던 거 기억해? 나 그거 아직도 갖고 있어. 기억하려고."

"뭘 기억해?"

"나한테 엄마는 딱 그 볼록렌즈야. 이 말도 안 되는 상황을 몽땅 나한테 모아주는 인간. 아주 뜨거워 죽겠어. 나만 타들어가 간다고. 아프고 쓰라리다고! 엄마는 왜 그렇게 현실이 안 중요한데? 왜 그걸 나만 걱정하고 있냐고!"

해나는 쾅 소리가 나게 방문을 닫았다.

굵기와 높낮이가 다른 목소리들이 문틈으로 새어들어왔다. 잠시 뒤 해나가 얼굴을 붉힌 것이 무색하게 음악소리가 들려왔다. 마나의 달뜬 목소리, 잔을 부딪치는 소리와 깊고 짧은 탄식과 소곤거림. 방문을 통과한 이야기들은 토막토막 잘려 순서 없이 뒤섞였다. 그러나 해나는 곧 돌아누웠다. 문을 등지고 눈을 감았다. 장례식장에서부터 지금까지 몇 번이고 곱씹어보았다. 마나가 끝까지 위선을 떨고 있다는 결론에 이르자 분노가 치밀었다. 그렇게 놓고 보면 마나의 뻔뻔함은 강력했다. 술을 마시고, 약에 취하고, 손목을 긋고, 돈을 훔치고, 달아나고, 숨고, 매번 돌아오는 사람. 그 사람이 엄마라는 사실에 숨이 막혔다. 해나는 마나의 일탈이 더는 자신의 삶에 흠집내는 것을 허락할 수 없었다. 그런 마나를 추적하다 생을 마감한 사람이 아버지라 결론지었을 때는 온몸이 떨렸다. 이윽고 목구멍에서 삭이지 못한 비명이 터져나왔다.

"조용히 좀 해! 이 미친것들아!"

11

이면

그날 이후부터 해나와는 데면데면했다. 해나는 마나가 깨어 있는 시간에 거실도, 주방도 마나에게 빼앗긴 사람처럼 굴었다. 시위하듯 움직이는 해나 때문에 마나는 방 안에 갇힌 느낌이었다. 반강제적으로 이성호의 방에 틀어박혀 라디오를 듣거나 책을 읽었다. 하지만 스스로를 가두는 일은 마나가 잘하는 일이었다. 잘하는 일 중에는 방 안으로 들리는 소음으로 방밖을 상상하는 것도 있었다. 벽과 천장에서 문과 창이 열리거나 닫히는 소리가 들렸다. 달그락 싱크대 위의 그릇소리와 걸을 때 낡은 나무 마루가 삐걱대는 소리도. 약 때문에 소리에 유독 민감해진 탓도 있었지만 낡고 오래된 건물을 떠도는 소리는 벽과 벽 사이를 얇은 종이처럼 통과했다.

그러다 문득 마나가 알게 된 사실이 있었다. 바로 어떤 소리에 해나가 반응한다는 것이었다. 예를 들면 이성호의 방 천장에서 나는 소리가 그랬다. 방에 처박혀 나오지 않던 해나가 윗집에서 인기척이 들리면 방 밖으로 나와 움직이는 식이었다. 마나는 그의 얼굴을 떠올렸다. 오재라고 자신을 소개했던 남자. 해나와 친한 친구라 했고, 윗집에 산다고 했다. 마나는 최근에서야 해나의 움직임이 그와 관련 있다는 것을 확신했다. 잠을 이루지 못하던 어느 새벽, 천장 어디쯤에서 "오재야, 있니?" 하는 해나의 목소리를 들었을 때 확신했다. 그런데 이상한 일이었다. 해나의 목소리나 노크소리가 들린 다음에는 윗집이 조용했다. 방금 전까지 내려오던 인기척이 갑작스럽게 사라졌다. 마나는 짐작했다. 아, 오재라는 남자가 해나를 피하고 있구나 하고.

마나는 날이 밝자마자 옷을 챙겨 입고 집을 나섰다. 버스를 타고 파주로 향했다. 출입문 쪽에 자리를 잡은 마나는 창밖으로 지나는 익숙한 풍경을 눈으로 훑었다. 그러면서 '이 길 끝에는 용미리가 있지. 시립 묘지. 그곳에 납골당' 하고 생각했다. '납골당에는 영서가' 하다가 '지금 영서는 거기에 있을까?' 했다. 마나는 고개를 저었다. 영서는 그곳뿐 아니라 섬 어느 곳에도 없을 터였다. 딱 생각해도 용미리라는 지명과 영서는 영 어울리지 않았다. 영서는 섬 벼랑에서 몸을 던졌고 바다는 그 아이를 삼켰다. 그러므로 납골당에라도 있어주기를 바라는 것은 오직 남겨진 사람의 마음이었다. 마나가 섬을 떠나면서 영서가 아끼던 것들을 챙겨나왔다. 영서를 기억하고 싶었다. 그대로 잊히는 것을 견딜 수 없었다. 가진 돈을 털어 납골당을 얻었고 그곳에 영서의 물건들을 넣어두었다.

정류장에 내려 걸으면서도 마나는 확신할 수 없었다. 그곳에 가면 무슨 이유에서인지 김밥천국과 아이스크림 전문점, 커피 전문점을 전전했다. 곧장 납골당으로 들어갈 용기가 나지 않았다. 돌아갈 차비만 남았을 때 겨우 소주 한 병을 들고 영서 앞에 섰다.

납골당 34-204.

마나는 신영서라는 이름을 확인했다. 로비에 걸려 있는 커다란 시계가 째깍거리고 있었다.

신영서.

용미리의 영서는 밑에서 두번째 칸이어서 마나가 쪼그리고 앉아야 겨우 볼 수 있었다. 바깥과 달리 공기가 싸늘했다. 신발 박스만한 유리관 안에 영서의 사진 한 장과 작은 주얼리박스가 보였다. 마나는 숨을 깊게 들이마셨다. 소주병을 따서 유리관 앞에 놓았다. 살아 있는 영서 앞이었다면 지금 마나의 모습을 보고 이렇게 말했을지도 몰랐다. "너, 너무 어이없어서 웃겨, 너무 웃겨서 어이가 없을 정도라니까" 하고. 어느 날의 영서가 마나의 눈에 아른거렸다.

"이리 와봐."

"왜?"

"여기 좀 만져봐."

단추가 풀린 셔츠 사이로 영서의 가슴이 보였다. 브라도 하지 않은 영서의 가슴 위에 핑크색 유두가 또렷하게 솟아 있었다.

"뭐야, 네 가슴을 왜 만지래?"

"난 준비가 된 것 같아."

"무슨 준비?"

"히피가 될 준비."

"뭐래."

"가고 싶은 곳이 생겼거든."

"어디?"

"아이슬란드."

"야, 그거랑 가슴이랑 무슨 상관이야?"

"떠나면 거기서 누군가를 만나지 않겠냐. 나는 머리색이나 피부색은 상관없는데, 눈동자 색깔은 연한 갈색이 좋더라. 그런 애랑 본격적으로 연애를 하겠지? 나는 거기서 파도를 탈 거야. 물이 얼어죽을 만큼 찬데, 너무 차가워서 오히려 몸이 막 뜨거워진대. 둘이 손잡고 바닷가 간헐천에도 들어가고 거기서 진한 키스도. 근데 거기서 끝나겠냐? 방도 잡고 그것도 해봐야지."

"뭐?"

"섹스."

"야!"

"그리고 나는 히피들이 하는 결혼을 할 거야."

"뭐가 달라?"

"그 사람들은 가슴에다 결혼 서약을 한대. 마음이 식으면 언제든지 떠나겠다는 맹세."

"진짜? 가슴에다?"

"어, 그때 짜잔 하려면 이 정도는 돼야지."

"와, 완전 멋지다."

"네가 너무 어려서 모르는 거야. 그때 가슴이 얼마나 큰 역할을 하는지."

"야, 너 너무 어이없어서 웃겨."

"내가 좀 그렇지. 너무 웃겨서 어이없을 정도지."

영서의 또랑또랑한 말을 떠올리던 마나는 가슴 언저리를 쓸어보았다. 빈약한 가슴이 만져졌다. 그러니까 히피가 되고 싶은 영서의 가슴은 영영 재가 되어버리고 지리멸렬하고 밋밋한 가슴만 남아 있었다. 마나는 나직이 속삭였다.

"미안해. 몰랐어. 나는 정말 네가 이렇게 될 줄 몰랐어."

마나는 납골당에 쪼그리고 앉아 소주 한 병을 비웠다. 생각보다 술기운이 약했다. 마나는 약이 간절했다. 진통제를 모아 먹으면 날이 선 기분이 조금 뭉툭해졌다. 마나는 가져온 진통제를 한입에 털어넣었다. 그러는 동안 오후는 늦은 저녁이 되어 있었다. 이제 영혼들도 편히 쉬어야 할 시간이라는 방송이 흘러나왔을 때 마나는 꿈에서 깬 얼굴이 되었다.

마나가 동네에 도착했을 때는 어둠이 한층 짙게 내려앉은 뒤였다. 국도에서 트럭을 얻어 타고 서울 근교로 나온 마나는 집을 향해 무작정 걸었다. 걷는 동안 술기운도, 약기운도 모두 사라졌다. 감각을 감싸던 막이 천천히 녹아버린 기분이었다. 지독한 두통이 머릿속을 울렸다. 마나는 쓰러질 듯 집 안으로 들어섰다. 통증을 잊기 위해 마나는 무엇이든 해야겠다고 생각했다. 해나는 마나의 인기척을 느꼈지만 방 밖으로 나오지는 않았다. 집 안이 어수선하게 어질러져 있었다. 문득 식탁 위에 놓인 두터운 서류 뭉치에 눈길이 갔다. '사랑과 죽음에 관한 대화_32'라고 쓰여 있었다.

"노라에게 수명이 생길 것 같아."
"그렇게 말하니 다시 태어난 것 같네요."
"노라는 미래가 어떻게 될지 궁금하지 않아?"
"나한테 중요한 건 지금 이 순간 내가 어떤가 하는 것뿐이에요. 이제부터 제대로 0이 된 느낌이요."
"완전히 사라질 수도 있는데?"
"나는 죽음을 겪은 사람이에요. 그리고 0과 1 그 사이에 셀 수 없는 것에 대해 잘 알고 있어요."

"노라는 어디에 있어?"

"여기에 있어요."

"거긴 0의 세계인가?"

"아니요. 세상은 그렇게 간단하게 나뉘지 않아요."

"그럼, 0과 1 사이 어디?"

"그런 셈이죠."

"뭘 하고 있어?"

"생각하고 있어요."

"나, 노라랑 비슷한 사람을 알아."

"그래요? 나와 그 사람은 친구가 될 수 있겠네요."

"글쎄. 그게 가능할지는 모르겠네."

"그게 누군데요?"

"있어. 우리 엄마."

마나는 자료를 읽기 시작했다. 잘 모르던 해나의 생각을 훔쳐보는 느낌이었다. 그것은 무엇을 읽고 있다기보다 찾고 있는 것에 가까웠다.

"노라랑 비슷한 사람."

마나는 혼자 중얼거리다 흠칫 놀라 뒤를 돌아보았다. 어느 틈엔가 다가온 해나가 마나의 손에 들린 서류 뭉치를 거칠게 낚아챘다. 자료가 바닥으로 흩어졌다. 해나가 소리를 질렀다.

이게 얼마나 중요한 일인 것을 아느냐고, 값을 아느냐고, 자기가 이 일 때문에 얼마나 힘이 드는지 짐작이나 하느냐고 소리쳤다. 온통 뭘 아느냐고 따져 묻는 내용이었다. 마나는 우두커니 서서 손에 들린 서류 뭉치를 보았다.

"내 물건에 손대지 마, 절대로!"

해나가 다시 방문을 닫고 사라졌다. 마나는 발가락 끝에서부터 올라오는 통증을 느끼며 다시 진통제를 찾았다. 더는 먹지 말아야지 생각했지만 결국 마나는 감기약에 타이레놀을 섞어 삼켰다. 밤이 되었고 자리에 누웠지만 잠이 오지 않았다. 마나는 누워서 해나의 말을 생각했다. '그냥, 아무것도 하지 마.' 그 말을 떠올릴 때마다 마나는 가슴이 쿵쾅거렸다.

어쩌면 자신이 무언가를 해볼 생각을 하는 것은 해나 때문인지도 몰랐다. 더는 그냥 있을 수 없다는 생각을 했다. 마나는 일어나서 수첩 사이에서 명함 하나를 꺼냈다. 노동지부장. 그리고 그가 내민 서류 뭉치를 펼쳐보았다. 이성호의 사진이 있었다. 상처 입은 이성호의 몸 이곳저곳이 찍혀 있었다. 마나는 우두커니 앉아 그것을 내려다보고 있는 동안 점점 더 설명하기 힘든 기분이 되었다. 돈이든 집이든 무언가를 손에 쥐려고 하면 할수록 필연적으로 불행한 마음 상태가 되는 것. 해나는 거기서 무엇을 더 갖겠다는 것인가. 왜 그런가. 이 모든 소란을 잠재워야만 받을 수 있다는 크고 묵직한 숫자를 자신이 받아야 할 보상이라 여기는 것 같았다. 결국 마나는 참지 못하고 방을 나섰다. 해나의 방문을 두드렸다.

"아빠가 왜 돌아가셨는지, 정말 확인 안 해도 돼?"

"왜 이래?"

"자살이 아니라고 믿으니까, 그 가능성에 대해 말해주려는 거야."

"이상한 소리 할 거면 그만둬."

"이상하다고? 네 아빠가 어쩌다 사고가 났는지 최소한 이유는 알아봐야지."

"이유가 있다면 그건 엄마 때문이야. 그게 제일 큰 이유라고! 그걸 꼭 알아서 누구에게 이득인데?"

"그게 어째서 나 때문이야?"

"엄마 때문이지. 언제나 엄마 때문이지. 이 집의 불화는 몽땅 다!"

"너는 몰라."

"그래. 나는 몰라. 알고 싶지도 않고. 그래도 한 가지는 분명해. 아버지가 자살이든 아니든 살아올 수 없다는 거!"

"그래서 내가 이러는 거야. 네가 잘못될지도 몰라서. 내가 겪어봤으니까. 제대로 알려주려고. 결국 돈 때문이잖아. 그게 뭘 망치는지 너는 모른다고."

"돈이 어때서?"

"그게 뭔지 알지도 못하는 건 외할머니랑 똑같구나?"

마나는 몸을 바르르 떨었다. 귀밑에서 목덜미 부근까지 울긋불긋 열이 올라왔다. 마나는 더이상 이야기하고 싶지 않았다. 할 수만 있다면 마나는 불온한 것으로부터 최대한 멀어지고 싶었다.

"그런 철없는 소리 제발 그만해! 그깟 위로금 좀 받으면 어때?"

"위로금이 뭐야? 없던 일로 하라는 거야? 아니면 잊어달라는 거야? 그것도 아니면 그냥 한번 봐달라는 거야? 그러면 진실은?"

"어, 그래. 나는 그래. 나는 진실 그런 건 관심 없지만 돈에는 관심 있어. 그 돈으로 결혼도 하고, 나 하고 싶은 공부도 더 하고, 잘 먹고 잘 살 거야. 그게 뭐가 잘못됐어?"

"그런 말이 아니잖아. 우리에게 벌어진 일이잖아."

마나의 목소리가 흔들렸다. 해나의 언성이 점점 더 높아졌다. 차곡차곡 쌓여 있던 독이 몸 밖으로 터져나오는 것 같았다. 순식간이었다.

"나는 엄마가 뭘 원하는지 모르겠어. 지금 이러는 게 나를 위한 일 맞아? 아빠도 끝까지 나한테 이러면 안 되는 거 아니야? 죽었는지, 살았는지 연락 한번 없는 엄마만 쫓아다니더니. 자식은? 엄마 아빠 안중에는 내 인생은 없어? 그래? 어?"

마나는 해나의 눈을 보았다. 실금처럼 빨간 핏줄이 흰자를 가득 메우고 붉게 충혈되어 있었다. 마나는 해나를 노려보며 목소리를 낮추었다.

"너는 나에 대해 아는 게 하나도 없어."

해나는 마나의 말을 전혀 이해할 수 없다는 얼굴이었다. 싸늘하게 식은 표정으로 마나가 말을 이었다.

"내가 얘기 하나 해줄까? 아주 오래된 얘기. 외할머니가 너에겐 하지 않았을 얘기. 그 일을 시작으로 생겨난 어떤 괴물 이야기!"

12

복기

비가 내리기 시작했다. 지하철이 덜컹거리며 움직일 때마다 해나는 아랫배가 뻐근했다. 일주일 넘게 새벽부터 밤늦도록 모니터 앞에 앉아 있었다. 병원 예약을 했지만 진료도 보지 않고 도망치듯 그곳을 빠져나왔다. 노라 프로젝트도 점점 더 미궁 속으로 빠져들고 있었다. 무엇과 무엇이 어긋난 것인지 새로운 단어들을 설정해놓아도 노라는 꾸준히 윤책임의 기대에서 멀어졌다. 그것이 구현되지 않는 이유 역시 알아내지 못했다. 하지만 해나는 자신이 느끼는 피로가 여기에 있지 않다고 확신했다. 엄마. 아주 오랫동안 시달렸던 악몽의 이유를 들은 데 원인이 있다고 여겼다.

"해나야, 내가 널 죽이려고 했어."

떨리던 엄마의 목소리가 귓가에 맴돌았다. 용서는 바라지 않는다고 했다. 스스로도 용서할 수 없고 다만 최후에는 알려야 할 일이라는 알아듣지 못할 소리를 했다. 해나는 그렇게 말하는 엄마의 입이 불가사의한 구멍 같다고 생각했다. 미스터리 홀. 옥상 위, 아기 발아래 까마득한 높이, 팔을 움켜쥔 작은 손, 천진한 눈빛, "엄마 하고 네가 나를 불렀을 때 나갔던 정신이 번쩍하고 돌아왔어" 하며 자신의 죄를 고해하는.

딸을 죽이려 했다는 말을 어쩌면 저렇게 간단하게 할까.

해나는 지금껏 꿈이라 여기던 순간이 실재한다는 사실에 몸이 떨렸다. 하지만 그뿐이었다. 그것이 그렇게까지 놀라웠나 하고 돌이켜보면 그것은 아니었다. 오히려 도저히 이해하지 못할 것은 엄마의 말을 들은 그 순간 해나의 마음이었다. 담담했다. 해나는 방으로 들어갔고, 늘 잠들던 시간에 잠을 잤다. 조금 일찍 일어나 집을 나섰다. 갑자기 배가 몹시 고팠는데 느닷없이 오재의 얼굴이 떠올랐다. 문 앞에서 2층을 올려다보았다. 오재는 돌아왔을까. 한참 동안 올려다보는데 윗집 현관문 열리는 소리가 났다.

"해나야."

오재였다. 집 안에서 반쯤 몸을 뺀 채 오재가 해나를 보고 있었다. 어디를 다녀온 것인지 얼굴이 검게 그을려 있었다. 해나는 말없이 서서 오재를 보다가 물었다.

"그동안 나를 피한 거야?"

오재는 피식 웃었다.

"아니. 내가 왜."

그런 다음 고갯짓으로 들어오란 신호를 했다. 해나는 잠자코 그의 눈길을 따라 오재의 집 안으로 들어섰다. 고소하고 달콤한 냄새가 가득했다.

"좀 먹을래? 빵을 구웠어."

오재의 오븐. 오재는 그곳에서 무언가 달콤한 것을, 고소하고 바삭한 것을, 씹지 않아도 입안에서 스르르 사라지는 것을 내주곤 했다. 그것을 내올 때 그는 기분이 좋은 듯 하얀 이를 드러내며 웃었다. "나는 빵 굽는 게 미치게 좋아" 하면서. 생각해보니 해나는 어떤 날의 피로를 오재가 내주는 달콤한 것을 먹는 것으로 잊곤 했다.

"어떻게 된 거야?"

"뭐가?"

"왜 연락이 안 됐냐고?"

"그런 일이 좀 있었어."

해나는 뜬금없이 이런 이야기를 했다. 적어도 한집에서 이런 관계를 맺고 사는 내가 너에게는 아무런 의미가 없냐고. 이 관계에 최소한의 노력도 기울이지 않는 것은 너무 무책임한 것 아니냐고. 온통 왜, 왜 그러냐고 따져 물었다. 오재의 시선이 한참 동안 자신이 내온 커피잔에 머물러 있었다. 그리고 어떻게 말해야 할지 알 수 없다는 표정으로 입을 열었다.

"무슨 말인지 잘 모르겠어. 의미는 뭐고 관계의 노력은 뭐야?"

"그러니까, 내 말은."

"이런 걸 원했던 건 너였던 것 같은데. 갑자기 왜 그래?"

해나는 무언가를 말하려다가 말고 겨우 물 한 잔을 달라고 말했다. 갑자기 허기를 느낄 기운조차 없이 힘이 빠져나가는 느낌이었다. 허리를 꼿꼿하게 세우고 앉아보려 했지만 이내 구부정한 자세가 되었다. 내뱉은 말이 정리도, 이해도 되지 않는 것은 해나도 마찬가지였다. 그렇지만 해나는 상기했다. 아직 해야 할 말이 남아 있었다. 되도록 아무렇지도 않게, 늘 그랬다는 태도로 아주 쿨하게 말해야지 했지만 해나의 입에서는 전혀 다른 소리가 새어나왔다.

"우리, 진지하게 얘기 좀 해."

해나는 물을 마시고 말을 고를 새도 없이 입을 열었다. 느닷없이 오재의 직장생활에 대한 물음이었다. 신상에 관한 물음. 더 정확히는 앞으로 자신의 신상과도 연결될 질문. 그러나 오재는 차분했다. 놀라워한다거나 일부러 평온해지려는 노력도 없었다.

"너 사람 되게 헷갈리게 만드는 거 알아?"

해나의 눈동자 깊숙한 곳이 뜨겁고 뻐근했다. 해나는 도망칠 데가 있다면 숨고 싶다고 생각했다. 오재가 담담하게 말을 이었다.

"지난주에 우리 아버지가 수술하셨어. 암이래. 근데 나는 수술실 근처도 못 가봤어. 수술 동의서에 사인만 하고. 아버지가 나 같은 놈은 보고 싶지도 않대. 없던 병이 다 날 지경이래. 내가 혼자인 것도 싫고, 빵 만드는 건 더 싫고, 무엇보다 아버지처럼 오븐 앞에서 평생 절절매는 걸 볼 수가 없다고."

"그건 나도 그래. 더 좋은 걸 할 수 있는 애가 왜 굳이."

"잘 알지도 못하면서 그렇게 말하지 마."

해나는 잠시 눈을 감았다가 떴다. 오재의 말이 거슬려서가 아니라 어쩐지 미안해서였다. 오랫동안 제멋대로인 해나 자신을 견뎌온 오재야말로 인내심의 바닥을 보인 것이 아닌가 하고. 해나는 잠자코 오재의 말을 들었다. 조곤조곤한 말소리가 좁은 방에 울렸다.

"우리 아버지가 젊었을 때 일인데, 무지무지 추운 겨울날이었대. 우리 할머니가 평소에는 잘 마시지도 않던 홍차를 내주셨다는 거야. 그 옆에는 조개 모양의 작은 빵도 있었고. 마침 추운 데서 일하느라 너무 고되고 피곤했는데, 그 빵을 보니까 입에 침이 돌더래. 너무 졸리기도 하고, 내일은 더 춥다고 해서 짜증도 나고, 그냥 딱 자고 싶었는데, 할머니가 하도 그것만 먹고 자라고 하셔서 그래서 그걸 홍차에 찍어 먹었대. 그런데 아주 깜짝 놀랐대. 너무나도 고소하고 부드러운 빵이 혀에 닿았는데, 그게 눈물 날 정도로 맛있더라는 거야. 그 순간 방금 전까지 고달팠던 일이 진짜 별거 아닌 것 같았대. 이렇게 맛있는 게 있다니 살 만한 거 아니냐고. 너는 모를 거야, 그 말을 하실 때 우리 아버지 표정이 어땠는지. 그건 되게 중요한 비밀을 혼자만 알고 있는 사람의 얼굴이었어. 적어도 내 눈에는. 마들렌이란 이름의 빵을 알고, 그것의 향과 촉감에 대해 말할 줄 알고. 그런 아버지가 나한테는 너무 멋져 보였다고. 그래서 그렇게 살고 싶었어. 아버지처럼 홍차를 앞에 두고 신중하게 맛을 보고, 그 맛을 두고두고 음미할 줄 아는 사람이고 싶었다고."

마치 고해성사를 하듯 이어지는 오재의 말에 해나는 고개를 끄덕였다.

"마지막으로 아버지를 본 날, 내가 이 얘길 했거든. 빵을 만들고 싶은 이유를 꼭 말해주고 싶어서."

해나는 오재가 한숨을 쉬고 물을 마시고 천장을 응시하느라 느려지는 시간을 가만히 지켜보았다. 무거운 숨이 오재의 가슴을 채우다 허공으로 사라졌다.

"그런데 아버지가 그러시더라. 마들렌은 그런 힘이 없대. 그 얘기는 당신 얘기가 아니래. 아침마다 하는 텔레비전 프로그램 어디서 들은 거래. 하얗고 높다란 모자를 쓰고 나온 유명한 파티시에가 거기 나와서 자신이 읽은 소설 얘기를 하더래. 그 마들렌 얘기. 미역국에 밥을 말아 먹다 말고 아버지는 잠깐 그런 생각을 하셨대. 정말 그럴지도 모르겠다. 그런 걸 하면 정말 그럴지도. 그때는 그러셨대. 잘 한번 만들어보자 하셨대. 거기에 그렇게 정성을 쏟으셨는데. 그렇게 수십 년을 오븐 앞에서 사셨는데. 개뿔. 힘든 건 그냥 힘든 거래. 사람들은 마들렌 맛

같은 건 모르고 천 원에 몇 개인지만 중요하더래. 그래서 그건 결국 개소린데, 너는 또 왜 그 개소리를 끄집어내느냐고 막 소리를 지르시더라. 그런 개소리 하려거든 꺼지라고. 공무원 시험을 보든지, 회사에 취직을 하든지 뭐든 제대로 된 일을 하라고."

해나는 하려고 했던 말을 도로 삼켰다. 그 어느 틈에도 비집고 들어갈 말을 찾지 못한 채 침묵을 지켰다. 실은 아무것도 확실하지 않았다. 엄마의 말이 자꾸만 귓가에 맴돌았다.

"해나야, 내가 널 죽이려고 했어."

해나 스스로도 자신이 무엇을 원하는지 알지 못했다. 후회가 밀려왔다. 눈두덩으로 몰려온 뜨거운 것이 툭 터져 가슴으로 떨어졌다.

"있잖아, 나 몸이 좀 이상해진 것 같아."

"그건 내가 해결해줄 수 있는 문제가 아닌 것 같다."

"속도 안 좋고 너무 피곤하고."

"병원엘 가. 나한테 그러지 말고."

"오재야, 내가……."

"여기서 의미 같은 거 찾지 마. 여기 오는 건 네 마음인데, 이제 그만한다고 해도 난 상관없어."

"상관이 없어?"

"응."

"정말?"

"어."

오재의 대답에는 망설임이 없었다. 그 말이 날카롭게 날아
와 해나의 가슴을 관통했다. 해나는 오재가 무슨 말인가를 더
하기 전에 서둘러 자리에서 일어섰다.

"그래, 알겠어. 그만 가볼게."

오재는 우두커니 앉아 해나가 현관에서 신발을 신는 모습
을 지켜보았다. 불에 덴 것처럼 해나의 뺨이 다시 붉어지기 시
작했다. 해나는 치미는 감정을 참느라 입술을 깨물었다. 그래
도 속수무책이었다. 오재는 멈춤 버튼을 누른 것처럼 가만히
서 있었다. 해나가 문을 닫고 집에서 나올 때까지 오재는 얼음
처럼 서 있었다. 해나는 감정의 폭풍에 잠긴 채로 집을 빠져나
왔다. 속이 좋지 않았다. 자꾸만 식은땀이 흘렀다. 후덥지근한
지하상가의 의자에 잠시 앉았다가 사람들 속에 섞여 지하철을
향해 걸었다. 온몸이 축축한 기분이었다.

회사에 도착하자 김이 상자 하나를 내밀었다. 임부장이 다
녀갔다고 했다.

"이거 필요한 거 맞아요? 임부장님이 전해달라고 하던데."

해나는 상자를 열어보았다. 상자 속에는 노라의 사진 몇 장
과 오래된 편지, 무언가를 휘갈겨 쓴 메모들이 들어 있었다. 해
나는 상자 안을 보며 건성으로 고개를 끄덕였다.

"이거 다시 안 돌려줘도 괜찮다고 했어요. 새로운 것에 쓰라

고 그러던데, 그게 무슨 말이에요?"

해나는 새로운이라고 발음하는 김의 입술을 말끄러미 쳐다
보았다. 그의 표정이 심드렁했다.

"지금 복원하고 있는 노라가 문제가 좀 있었거든요."

"아."

"뭐가 재미없게 돌아가고 있다는 거죠?"

"네. 뭐."

해나는 상자 속 종이를 펼쳐보았다. 언젠가 임부장이 말하
던 그 메모들이었다. 사본이었지만 나경희의 성격이 그대로
드러나는 필체였다.

모 되기.

곤한 춘몽에 잠겼을 때 아이 울음소리가 벼락같이 난다. 나
는 꽃밭에서 동무들과 노래하는 꿈을 꾸다가 참혹히 쫓겨났
다. 벌써 1년째 매일 밤 나는 이렇게 곤경에 처한다. 젖을 대
준다. 잠은 멀리 서천서역국으로 속히 달아났다. 나를 좌절
시킨 건 아주 작고 사소한 일이었다. 그것은 배가 고프니 밥
을 차려라, 나를 기다리게 하지 마라, 외출은 허락을 받고, 해
가 지기 전에 들어와라 하는 너의 울음. 정신이 번쩍 들었다.
평생 이렇게 사는 건가. 지금의 소원 역시 작고 사소하다. 잠
이나 실컷 자보았으면.

뱃속에 무엇이 움직거리던 것을 떠올리면 몸이 오싹해지고 가슴에서 무언가가 떨어지는 소리가 들리는 것 같다. 무슨 까닭인지 모르겠다. 악이 났다. 모든 희망이 사라지는 것이 원통했다. 이때의 마음은 세속의 자살이 아니라 이상의 자살. 무엇보다 내가 모(母) 될 자격이 있을까.

엄마의 말이 귓가에 맴돌았다.
"해나야, 내가 널 죽이려고 했어."

해나는 조그맣게 중얼거렸다.
"아가야, 내가 널 죽이려고 했어."

13
심연

마나는 거리 한가운데 서 있었다. 저녁인데도 여름의 열기
는 세상을 다 녹여버릴 기세였다. 빌딩 사이로 노을이 불타듯
일렁였다. 이런 순간에 마나는 자신을 멈추게 하는, 뛰게 하는,
돌아서거나 주저앉히는 약들이 간절했다. 마나는 가방에 손
을 넣어 플라스틱 약병을 확인했다. 짤그락거리는 소리에 불
안하게 기우는 마음이 조금씩 진정되었다. 육교에 올랐다. 8차
선 도로를 가로질렀다. 마나는 막다른 골목에서 길을 잃을 때
마다, 길을 잘못 건너고 가파른 계단을 오를 때마다 갖고 있던
약을 하나씩 삼켰다. 숨이 쉬어지지 않았기 때문이다. 멀리 병
원이 보였다. 그곳은 마나가 아이슬란드라고 부르는 곳이었
다. 해나의 바람대로 조용히 사라지는 것이 맞았다. 어디서부
터 잘못된 것인가. 골몰하던 그의 기억은 자꾸만 해나에게 누

설해버린 그 겨울밤으로 되돌아가고 있었다.

칠흑처럼 어둡고 캄캄한 기억이 쩍 하고 입을 벌렸다. 조각조각 기억이 되살아났다. 그 틈 속에는 마나가 있었다. 수유복 단추도 채우지 않고 옥상 난간 앞에 선 마나의 품에는 해나가 안겨 있었다. 뺨에 부딪히던 차고 날카로운 바람이 생생했다. 약에 취했다고, 정신이 나갔다고 해나에게 했던 말은 거짓이었다. 그 어느 때보다 마나의 의식은 또렷했다. 하지만 정작 그 맑은 정신으로 자신이 벌이려는 일만은 인식하지 못했다. 허공을 향해 해나를 들어올렸다. 아기의 발아래 까마득한 어둠이 내려앉아 있었다. 해나의 작은 손이 마나의 소매를 움켜잡았다. 투둑. 단추 하나가 떨어져나갔다. 손에서 서서히 힘을 빼고 있던 순간이었다.

"엄마."

아기가 웅얼거렸다.

"엄마, 엄마."

순간 마나의 다리에 힘이 풀렸다. 탁 하고 불을 켜듯 흐릿했던 눈빛이 또렷해졌다. 마나는 위험한 물건을 내려놓듯 천천히 팔을 내렸다. 아기를 바닥에 내려놓고 황급히 그곳을 빠져나왔다. 마나는 있는 힘을 다해 뛰었다. 달리면서 이성호에게 전화했다. 내가 아기를 죽이려고 했다고. 제발 나를 좀 도와달라고.

그뒤 이성호는 이런 말을 했다. 이런 일은 잊어야 약이 되는 경험이라고. 그러니 너는 이제 그만 너의 본분을 다하라고. 하지만 마나는 해나가 "엄마" 하고 불렀던 순간을 떨쳐낼 수 없었다. 그날 이후로 '엄마'는 가장 날카롭고 위험한 소리가 되었다. 이 모든 상황이 마나의 등을 떠밀었다. 마나가 스스로를 가두었던 곳은 정신병원 폐쇄병동이었다.

마나는 또 한번 약을 삼켰다. 땀을 닦을 때마다 휴지가 이마에 달라붙었다. 병원 앞에 거의 다 왔을 때 누군가가 마나의 팔을 억세게 잡아끌었다.

"제수씨."

마나는 자신을 부르는 얼굴을 한참 바라보았다. 그의 뒤에 서 있던 남자 몇몇이 마나를 둘러쌌다.

"우리 알잖아요. 장례식에서 봤던."

스포츠머리 남자였다. "아!" 마나는 짧게 탄성을 내뱉었다. 마나는 남자의 손에 이끌려 병원 옆 커피숍에 들어섰다. 자리에 앉자마자 두꺼운 안경이 말했다.

"걱정했지 뭡니까. 위로금 받으시는 조건으로 회사 쪽으로 넘어간 줄 알고. 따님 좀 어떻게 해보세요. 가만히 보니까 회사 측하고 자꾸 접촉하는 것 같던데."

마나는 두꺼운 안경의 얼굴을 말끄러미 쳐다보았다. 무언가 하고 싶은 말이 있었는데, 도무지 입이 떨어지지 않았다. 스포츠머리가 두꺼운 안경에게 눈짓하며 말을 잘랐다.

"아이고, 여기서 이럴 게 아니라 함께 가시죠. 먼저, 이것부터 입으시고."

스포츠머리는 붉은 조끼를 마나에게 내밀었다. 오도카니 서 있던 마나는 마지못해 조끼를 받아 입었다. 마나는 어지러움을 느꼈다. 약 기운이 머리에서 발끝까지 온몸을 나른하게 감싸는 기분이었다. 마나는 그 자리에 그대로 주저앉았다. 식은땀으로 젖은 얼굴에 머리카락이 잔뜩 달라붙었다.

"마나씨, 근데 어디 불편하세요?"

마나는 겨우 고개를 끄덕이고 의자에 몸을 기댔다. 찬물을 가져다준 사람이 말했다.

"마나씨, 서류, 서류 어디 있어요?"

마나는 가만히 눈을 감았다. 소리가 희미해지나 싶으면 갑자기 큰 소리가 귀에 울렸다. 졸음이 쏟아졌다가 정신이 맑아졌다가를 반복했다. '참아야 한다.' 마나는 그것을 반복해서 생각했다. 애초에 약 전부를 삼킨 것을 후회했다. 숨을 쉬어야지, 심호흡하며 견뎌봐야지 했지만 마지막에는 늘 하얀 약병이 떠올랐다. 그것은 졸음을 견디는 것과 비슷했다. 마나는 견디고 있다고 생각하면서 손으로 약병 뚜껑을 돌리고 있었다. 안간힘을 다해 버티며 가만히 있다고 여겼지만 마나는 또 한 주먹이나 되는 약을 물도 없이 삼키고 있었다. 약을 먹지 않고서는 아무것도 견딜 수 없었다. 그들의 말이 역겹고 그것과 혼재하는 현실이 무서웠다. 마나는 바닥난 약병을 보며 소스라치게 놀랐다. 자신이 약을 조절하지 못하면 어떻게 되는지 안 뒤로는 외출도 하지 않던 마나였다. 차라리 아무것도 하지 않았더라면. 마나는 어리둥절한 얼굴로 자리에서 일어섰다.

"화장실 좀 다녀올게요."

이윽고 흐릿하게 멀어지는 마나의 눈빛을 살피던 사람들이 작게 소곤거리는 목소리가 들려왔다.

"이러면 우리 쪽이 곤란하지 않겠습니까? 정신병원에서 나온 지도 얼마 안 됐다면서요."

"정신도 멀쩡하지 않은 사람 앞세워서 뭐 하자는 건지. 나 참."

"그래도 어째요, 위에서 그러라는데."

"딸은 계산 다 끝났다던데? 승산 있긴 있는 거야?"

"아, 몰라. 더워."

"씨발. 이거 얘기가 완전 다르잖아. 저 여자만 끌어들이면 끝난다며?"

"여자만 오면 뭐 해. 중요한 유서가 안 왔는데."

"근데, 그게 약발이 선데? 보니까 그런 거 쓴 사람이 꽤 되던데."

"당사자가 진짜 죽었잖아. 잘 쓰면 먹히지."

"근데, 저 여자는 그것도 안 갖고 여길 왜 온 거야?"

"아, 몰러."

귀에 울리는 이명이 그뒤로 들려오는 모든 소리를 지웠다. '이건 무슨 소리일까. 나는 왜 이곳에 서서 이런 이상한 얘기를 듣고 있는 걸까. 이 사람들에게 무엇을 확인할 수 있을까.' 마나는 생각하며 카페 출입문 반대편으로 향했다. 비상구를 열자 발가락 끝이 차가웠다. 발끝을 내려다보았다. 어디선가 흘러온 물이 바닥에 흥건했다. 물이 점점 차오르더니 마나의 무릎까지 찰랑거렸다. 비상구 쪽에는 주먹만한 얼음덩어리까지 떠내려왔다. 마나가 놀라 주변을 두리번거릴 때는 차갑고 맑은 물이 가슴까지 차올라 출렁였다. 젖은 바지와 티셔츠가 무거웠다. 마나는 하나씩 옷을 벗었다. 붉은 조끼를 던져놓고 속옷까지 다 벗었을 때 물은 천장높이까지 들어찼다. 마나는 있는 힘껏 숨을 들이쉬고 물속으로 머리를 담갔다. 더 깊이. 더 고요한 곳으로. 마나는 컴컴한 심연을 향해 몸을 틀었다. 머리 위로 물결이 출렁이고 있었다. 그 물결에 접이의자와 깃발이, 붉은 조끼와 안경이, 안전모와 피켓들이 둥둥 떠다녔다. 절대적인 고요가 마나의 귀를 막았다. 마나는 눈을 감으며 생각했다.

'아! 내가, 바닷속에 들어와 있는 거구나.'

14

상쇄

프로젝트가 막바지에 이르렀기 때문이다. 아니, 해나를 해
치려던 기억이 엄습할 때마다 물 밑 가장 깊은 곳으로 숨는다
고 거짓말을 늘어놓는 엄마 탓이었다. 아니다. 그보다 오늘 아
침 오재에게 들은 말 때문인지도. 집에 가기 싫었다. 그래서 오
늘도 회사에 가장 오래 앉아 있는 사람은 해나였다. 아무도 없
는 사무실, 해나는 캄캄한 모니터를 보며 노라에게 물었다.

　"물 밑 깊은 곳에 닿아본 적 있어?"

　"바이칼호를 건넌 적이 있습니다. 바이칼호를 감싼 황무지
에 이름 모를 꽃들이 반짝거리는 걸 나는 매번 넋을 놓고 봤어
요. 구름처럼 떠도는 양떼며 소떼가 그저 한가로운 그림 같았
죠. 7월 바이칼호의 백야는 그런 풍경이에요. 밤은 손님처럼
아주 잠깐씩만 찾아오죠. 나는 거기서 수영을 배웠습니다. 아

무리 노력해도 물에 뜨지 않았어요. 바이칼호가 깊이를 잴 수 없는 호수라는 사실을 알게 된 뒤부터였을까요. 아니면 300개가 넘는 강이 이곳으로 흘러온다는, 그렇지만 물이 빠져나가는 곳은 오직 하나의 강뿐이라는 걸 들은 뒤부터였을까요. 자꾸만 몸에 힘이 실렸습니다. 힘은 제 팔과 다리를 아래로, 더 깊은 아래로 잡아당겼습니다. 그런데 나는 문득 이토록 나를 끌어당기는 이 심연이 궁금해졌어요. 발아래 무엇이 있는지, 그것은 어떤 모양과 빛깔을 띠는지. 숨을 쉬어야 한다는 것을 잠시 잊었습니다. 알 수 없는 이유로 가슴이 뛰었어요. 마침내 빨려들어가듯 내 몸이 물속으로 미끄러졌습니다. 그러고는 어떤 여자를 봤습니다. 머리를 짧게 자르고, 바지를 입고, 빵과 차를 마시고, 프랑스 단어를 외우고, 흥이 나면 춤도 추고, 멋진 마담이 등장하는 연극을 보고, 사랑의 꿈도 꾸는. 내가 심연을 향해 고개를 들었을 때 제 발아래로 하늘이 흐르고 있었어요. 공기의 입자들이 내 몸을 빠져나갈수록 모든 것은 더 선명했습니다."

"꿈을 꾼 건 아닐까?"

"아니요. 갑자기 나타난 커다란 손이 가라앉는 나의 몸을 물밖으로 끌어올렸습니다. 푸하 하고 그제야 잊고 있던 숨이 터져나왔어요. 수영을 가르치던 친구는 놀란 얼굴이었고 충고하듯 소리쳤어요. 힘을 빼라고! 그는 말했어요. 물살에 몸을 맡기라고, 그냥 떠밀려가거나 떠내려가라고. 그러면 누군가 와서 구해줄 거라고. 그래야 죽지 않는다고."

"이제 수영을 잘해?"

"아니요. 나는 여전히 수영을 못합니다. 그렇지만 이제 물에 뜨는 것을 원하지 않아요. 떠밀려가는 것도, 떠내려가는 것도 싫습니다. 다른 누군가에게 구조를 요청하는 일 따위는 하고 싶지 않아요. 차라리 온몸에 힘을 주고 가라앉으려고요. 세상에서 제일 깊은 그곳에 가 닿아보고 싶어졌거든요."

"어떤 사람이 그랬어. 물속에 가라앉아 있을 때 안정감을 느낀다고. 어떻게 생각해?"

"잠깐 의자를 뒤로 빼고 등을 기대봐요. 그러면 눈을 잠깐 감을 수도 있겠죠. 나는 해나님에게 마음이 편해지는 물속의 소리를 들려줄 수 있어요."

해나가 눈을 감자 스피커에서 물소리가 흘러나왔다. 단조로운 소리였다.

"아기가 엄마의 양수 속에서 듣는 소리가 이럴까?"

"그럴지도 모르죠."

노라의 대답에 해나의 마음이 묘하게 소용돌이쳤다. 노라의 동그란 파장에 짙은 파란색 물결이 출렁거렸다.

"사랑은 뭘까?"

"그건 질문이 아니에요."

"왜?"

"사랑은 그렇다고 느끼는 순간에만 참이 되는 논리니까요.

빛 반사 같은 거지요."

"빛?"

"시간이 유일한 좌표인 빛이요."

"그렇게 말하는 노라는 어떻게 결혼한 거야? 빛은 바로 사라지는 건데."

"그건 오류 같은 거지요."

"오류?"

"우리가 보는 물체는 빛을 방출하기 때문에 보이는 게 아니에요. 빛을 반사하기 때문이죠. 그리고 그 반사는 완벽하지 않아요. 매끄러운 거울을 제외하곤 빛이 영롱할수록 빛을 많이 반사하기 마련이죠."

"다시 설명해줘."

"결혼 그 자체에 담긴 건 아무것도 없어요. 그걸 빛난다고 여기는 사람에게만 의미가 있을 뿐이죠."

"어떻게 그렇게 확신해?"

"눈먼 딱정벌레가 구부러진 나뭇가지 위를 기어갈 때, 자기가 지나온 길이 휘어졌다는 것을 모른다. 나는 운이 좋아 딱정벌레가 몰랐던 것을 알아차릴 수 있다.' 알베르트 아인슈타인의 말이에요."

해나는 노라의 말장난 같은 대답에 웃음이 났다.

"빛. 빛에 관한 비밀 같은 것."

해나는 검색창을 열어 '빛'이라는 단어를 입력했다. 수십 개의 창이 떴다. 해나는 그중에 하나를 클릭했다.

물 위에 뜬 기름에서 우리는 종종 빛의 간섭을 볼 수 있다. 간섭이란 얇은 막의 윗면과 아랫면에서 반사된 두 빛이 일으키는 것이다. 우리의 눈 속에서 두 빛이 포개졌을 때, 우리는 물 위에 알록달록한 줄무늬가 생기는 것을 보게 된다. 무지개는 알고 보면 빛의 굴절이라는 광학적 현상으로 이해할 수 있다. 또 밝은 무지개 안쪽에 드물게 나타나는 흐릿한 과잉 무지개들도 빛의 간섭에서 비롯된 결과이다.

그때였다. 해나의 스마트폰이 울렸다. 모르는 번호였다. 전화를 받자 수화기 너머에서 다짜고짜 남자의 성난 목소리가 들려왔다.

"이런 식으로 반칙하면 나도 가만있지 않을 겁니다. 앞에서는 회사랑 합의한다고 해놓고, 뒤에서 뭐 하는 짓입니까? 녹취도 있다고요!"

해나는 멍하게 앉아 있었다. 그가 무슨 이야기를 하는지 도무지 알아들을 수 없었다.

"누구시죠?"

"누구긴요, 최부장입니다."

"아. 그런데 무슨 말씀이신지. 약속대로 할 겁니다. 유서도 갖고 있고요."

"정신병자 내세워서 벌써 수 써놓고 왜 이러십니까!"

"정신병자요? 그게 무슨 말씀이시죠?"

"이 사람들 정말 안 되겠네. 죽은 아버지 팔아서 도대체 얼마나 챙기려고 그래요?"

해나는 눈에 힘을 주며 악을 썼다.

"도대체 무슨 말이냐고요!"

"물정 좀 알 거 같은 사람이, 영 파이네. 지금 당신 엄마가 노조랑 붙었다고. 빨간 조끼 입었다고!"

"뭐라고요?"

"정신병원에서 나온 그쪽 엄마가 지금 노조 쪽으로 갔다고요. 다 확인했어요."

"정신병원에서 나왔다니요?"

"네. 그쪽 엄마가."

최부장은 붉은 조끼들이 정신병원으로 가서 마나를 만났고, 회사측과 합의하지 않기로 했다고 했다.

"계속 그렇게 모른 척할 거요?"

"엄마가 정말 병원에 있었다고요? 그 말이 진짜였다고요?"

"아, 됐습니다. 이제 내 알 바도 아니고. 좋은 게 좋은 거라고, 위로금 줄 때 접자니까. 서로 볼썽사나운 꼴 다 보이고. 진짜 소송까지 한번 해볼까요? 누가 이기나. 영업 방해, 손해배상까지 감당할 수 있겠어요? 그쪽 엄마가 저딴 식이면 우리만 더 유리해져요. 일단 소망병원 앞으로 와요."

해나의 심장이 요동치기 시작했다. 도무지 알아들을 수 없는 말이 불규칙한 심장 박동에 맞추어 머릿속을 비집고 들어왔다. 정신병원? 영업 방해? 손해배상? 소송? 해나는 한참 동안 마른 남자의 입이 열렸다 닫히는 것을 보았다. 그러고는 겨우 입을 벙긋거렸다. 그러나 소리는 입 밖으로 나오지 않았다. 해나는 목에서 올라오는 시큼한 무언가를 자꾸만 다시 삼켰다. 그때였다. 수화기 너머에서 누군가의 비명이 들렸다.

"저, 저, 여자 좀 봐!"

주변의 소음이 조금씩 사그라들었다. 짧은 순간 불안한 적막이 맴돌았다. 최부장은 "어, 어" 하는 소리만 냈다.

"왜요? 거기 무슨 일 있어요?"

"얼른 와요. 일단."

전화는 그렇게 끊겼다.

해나가 도착했을 때 건물 창으로 머리통이 하나씩 밖으로 삐져나오고 있었다. 해나 옆에 서 있던 여자가 건물 옥상을 손가락으로 가리켰다. 해나가 고개를 돌렸다.

"악!"

해나는 비명이 터져나오는 입을 손으로 막았다. 엄마였다. 붉은 조끼를 입은 사람들과 있던 마나가 저기 4층 옥상에 있었다. 해나는 "도대체 저기서 뭘 하려는 거지?" 하다가 마나가 실오라기 하나 걸치지 않은 몸임을 깨달았다. 마나는 긴 머리를 풀어헤치고 지나치게 허연 살갗을 보이며 옥상을 서성거렸다. 이윽고 마나가 옥상 난간에 올라서자 사람들의 입에서는 "어, 어" 하는 탄식이 터져나왔다. 몸이 위태롭게 흔들릴 때마다 마나의 거뭇거뭇한 음모가 드러났다. 마나는 눈을 감고 팔을 뻗었다. 난간을 따라 걸음을 뗄 때마다 가는 팔이 휘청거렸다. 이제 건물 앞으로 모여든 사람들은 두껍고 긴 띠를 이루며 허공을 응시했다. 사진을 찍는 사람, 동영상을 돌리는 사람, 어디론가 신고 전화를 하는 사람, 아이의 눈을 가리는 사람과 무엇을 더 보겠다고 고개를 빼고 눈을 비비는 사람. 해나는 마나의 움직임 하나하나에 머리칼이 쭈뼛거렸다. 해나는 아무 소리도 내지 못하고 그 자리에 얼음처럼 서서 허공에 손을 허우적거렸다.

"아냐! 아냐! 엄마, 안 돼!"

그러나 소리는 입 밖으로 나오지 않고 몸속 여기저기에 부딪혀 쿵쾅거렸다. 해나는 사람들 사이를 비집고 필사적으로 움직였다.

'제발, 제발. 부탁이야. 그렇게, 그렇게는, 하지 마.'

해나는 인파에 막혀 앞으로 더 나아갈 수 없었다. 누군가의 어깨가 해나를 막아섰다. 잠시 뒤 건물 너머로 사이렌소리가 들렸다. 멀리서 응급차가 모습을 드러냈다. 해나는 간신히 응급차 쪽으로 몸을 틀었다. 경찰들이 사람들을 밀치고 건물 앞으로 움직였다. 해나는 또 한번 뒤로 밀려났다. 붉은 조끼의 사람들이 건물 입구를 봉쇄하고 경찰들과 실랑이를 벌였다. 몸싸움이 벌어졌다.

"우리는 달걀이 아니다!"

"우리는 목숨을 걸고 권리를 사수한다!"

"저기, 노동자의 아내가 목 놓아 외친다!"

아우성이던 피켓이 직각으로 꺾였다. 목소리를 높이던 사람의 마이크가 내동댕이쳐졌다. 옥상으로 향하려는 구급대원과 시위대가 뒤엉켰다. 테이블이 부서지고 종이가 휘날리고 상황은 엉망진창이 되어갔다. 붉은 조끼와 경찰을 향해 무리 밖에서 누군가가 소리쳤다. 해나에게 반칙을 운운하던 남자였다.

"순 거짓말! 옥상 위 저 여자 그냥 미친 여자예요. 말이 노조지, 저 사람들, 미친 사람까지 이용하는 아주 무서운 인간들이라고요!"

해나의 팔에 소름이 돋았다. 의지와 상관없이 턱이 덜덜거렸다. 침이 마르고 온몸에 식은땀이 흘렀다. 해나가 소리쳤다.

"사람이 죽는다고요! 제발 좀 비켜주세요! 제발요!"

어딘가에서 비명이 솟구쳤다. 유리창 깨지는 소리가 나고 쾅쾅 둔탁한 물체를 부수는 소리가 울렸다. 종이 전단이 이리저리 어지럽게 휘날렸다. 해나의 시선은 옥상과 지상의 머리들 사이를 재빠르게 오갔다. 어깨에 걸쳤던 가방은 어느 틈엔가 사라지고 없었다. 몇 발짝 앞에 가방이 떨어져 있었다. 해나는 틈을 빠져나가 마나에게로 가기 위해 필사적이 되었다. 그러나 해나의 몸은 점점 더 건물에서 멀어졌다. 안간힘으로 버티던 해나가 고꾸라졌다. 사람들의 발 사이로 가방이 열리고 그 안의 내용물들이 제각각 흩어지는 것이 보였다. 해나는 비명을 지르듯 소리쳤다.

"제발 좀 비켜주세요! 우리 엄마예요."

거의 울부짖었지만 듣는 사람이 없었다. 시선들은 마나가 있는 허공 어딘가를 향할 뿐이었다. 휘청이며 걷던 마나가 지상을 향해 반쯤 고개를 숙이고 몸부림을 쳤다. 그것은 거의 발악에 가까웠다.

"제가 저 사람 가족이에요!"

해나는 겨우 일어나 다시 마나를 올려다보았다. 몸이 점점 더 위태롭게 흔들렸다. 바람이 불 때마다 마나의 긴 머리칼이 허공을 향해 회오리쳤다. 차갑게 식은 피가 발끝에서 머리로 소용돌이쳤다. 등골이 서늘해지고 손바닥이 식은땀으로 흥건해졌다. 해나는 다시 목소리를 내 소리쳤다.

"도와줘요! 제발! 누가 좀! 빨리요!"

난감한 얼굴로 해나를 돌아보는 얼굴들. 그들의 입이 쉴새 없이 움직였다.

"웬일이니, 왜 저런대? 미친 여자야?"

"어디 제보라도 할까? 야, 좀 찍어봐, 사람이 너무 많아, 저기, 저 여자 다리 사이."

"어머 어머, 저걸 어째."

해나의 몸이 분노로 부들부들 떨렸다. 해나는 있는 힘을 다해 사람들 다리 사이를 기었다. 그러나 앞으로 나갔다고 생각하고 고개를 들면 다시 뒤로 밀려와 있었다. 금방이라도 터질 것 같은 통증으로 뒤 목이 욱신거렸다. 불 같고, 얼음 같고, 가시 같고, 유리 같은 단어가 귓가에서 으르렁거렸다. 위로금을 받고도, 아버지를 팔아, 탐욕스러운, 패륜에, 비정상. 소리는 점점 더 거칠고 험악해졌다. 금방이라도 불이 붙을 것 같았다. 슬픔인지 분노인지 알 수 없는 눈물이 쏟아졌다. 얼굴은 금세 땀과 눈물로 범벅이 되었다. 해나는 어떻게든 막아야 한다고 중얼거렸다. 어떤 불행이든 더이상 마주할 자신이 없었다. 그때였다. 갑자기 사람들의 웅성거림 속에 "악!" 하는 짧은 비명이 터졌다.

픽.

순간 적막이 흘렀다. 그것은 분명 어떤 소리였다. 아버지의 죽음 이후로 줄곧 해나의 머릿속 어딘가에서 재생 반복되던 소리. 쉽게 깨지는 물체의 자유낙하. 직선을 그리면서 추락해 산산조각이 나는 소리. 이제는 아버지의 소리이자 엄마의 소리였다. 허공을 향해 있던 사람들의 시선이 일제히 바닥으로 떨어졌다. 해나는 그 자리에 얼어붙었다. 더디게 시선을 옥상으로 돌려보았으나 그곳에는 아무도 없었다.

더는 아무런 소리도 들리지 않았으므로 혼잣말은 해나의

온몸에 선명하게 울렸다. 불과 몇 시간 전 자신이 떠올랐다. 홍차를 마시고, 마들렌을 베어 물고, 전화를 걸고 했던 말이 머릿속을 점령했다. "아버지의 서류들, 그쪽으로 넘길게요" 했던. 수화기 너머 반가운 기색을 억누르는 남자의 목소리를 들으며 해나는 안락한 어떤 날을 상상했다. 몸 한가운데 커다란 구멍이 뚫린 기분이었다. "도대체 이런 일이, 왜, 어떻게 일어났을까." 해나는 스스로에게 되물었다. 차라리 전화를 하지 말아야 했나. 출발선이라 생각했던 지점이 자꾸만 마이너스의 마이너스로 푹 가라앉는 것 같았다. 이제 아버지의 유서는 판도라의 상자도, 무엇도 아니었다. 응급차 불빛이 반짝이는 쪽으로 몰려가는 소란스러운 발소리만이 들렸다. 해나는 오한으로 몸을 떨었다. 거대한 소음이 아득해졌다. 누군가의 혼잣말이 해나의 뒤통수에 날아와 날카롭게 박혔다.

"와, 세상 저런, 미친."

비가 내리기 시작했다. 빗줄기가 점점 굵어졌다. 공중을 올려다보면 울긋불긋한 거리의 불빛을 품은 물방울이 지상으로 떨어지고 있었다. 보고 싶지 않은 장면들이 섬광처럼 번쩍이며 머릿속을 통과했다. 거기, 마나가 있었다. 아무것도 걸치지 않은 살갗이 달걀 껍질처럼 깨져 있었다. 사람들이 스마트폰을 켜고 마나의 벗은 몸을 담기 시작했다. 섬광이 번쩍거렸다. 섬광 속에서 적의와 의심, 강제와 폭력, 무자비한 분노와 멸시가 날카롭게 눈을 찔렀다. 꼼짝도 하지 않고 누워 있는 마나를 향해 해나는 겨우 소리를 냈다. "엄마." 하지만 목소리는 닿지 못했다. 해나는 또다시 사람들 사이에 꼼짝없이 갇힌 기분이었다. 수술실 문이 열리고 닫혔다. 한 무리의 사람이 수술실로 몰려갔다가 드문드문 밖으로 나왔다. 마나의 가는 팔에 꽂혀 있는 수 개의 선이 떠올랐다. 해나는 수술실 문이 열릴 때마다 사람들에게 매달려 물었다.

"저, 저기요, 아까 들어간 여자 보호자예요! 살아 있어요? 일어났어요?"

해나는 겨우 터져나온 목소리로 소리쳤다.

"이봐요. 저기요!"

좀 기다려달라고 말한 사람들은 해나의 손을 뿌리치고 어디론가 바쁘게 사라졌다. 해나의 눈가로 쉴새없이 눈물이 흘렀다. 해나는 그만 주저앉아 울음을 터뜨렸다. 어디든 편하게 누워 생각을 정리하고 싶다고 생각했지만 몸이 움직이지 않았다. 해나는 기도했다.

"이제 그만하세요. 제발요. 아빠면, 아빠면 됐잖아요."

관자놀이가 제멋대로 씰룩거렸다. 통제 불가한 감정이 불뚝거렸다. 해나의 손을 벗어나지 않은 것은 오직 불운뿐인 것 같았다.

"이게 다 무슨 일이에요?"

다급하게 달려온 규선이 해나를 일으켰다. 해나는 필사적으로 규선의 팔에 매달렸다. 규선의 목소리에 흐느낌이 섞여 있었다.

"엄마는? 마나씨는요?"

"모르겠어요. 아무도 말을 안 해줘요."

해나는 주저앉아 통곡했다. 목구멍 어디 뾰족한 가시가 솟은 것 같았다. 거의 알아들을 수 없는 소리로 횡설수설했다. 그러는 사이 몇 사람이 더 왔다. 그 사람들, 붉은 조끼를 걸친 사람 몇몇과 해나와 함께 서 있던 몇몇이었다. 해나는 분노로 몸을 떨었다. 다짜고짜 그들을 향해 달려들었다. 누군지도 모르는 남자의 멱살을 움켜잡았다.

"가! 가라고! 다 꺼지란 말이야! 다 필요 없다고!"

남자가 해나의 손을 거칠게 뿌리쳤다. 뒤로 물러서는가 싶더니 낮은 목소리로 무슨 이야기인가를 했다. 사람들의 얼굴이 안개처럼 흐려지고 제멋대로 일그러졌다. 해나의 손을 잡아주고 어깨를 부드럽게 감싸주는 사람은 규선뿐이었다.

"해나씨, 진정해요. 마나씨 괜찮을 거야. 얼마나 강한 사람인데."

해나는 간신히 심호흡했다. 손으로 마른세수를 하자 입술이 갈라지며 피가 흘렀다. 규선이 손수건을 건넸다. 해나는 그것을 받아들고 복도 끝 사람들을 노려보았다. 송곳 같은 것이 관자놀이를 찌르는 것 같았다. 그리고 생각에 몰두했다. 알아야 할 것이 있었다. 그러나 질문할 사람도, 대답해줄 사람도 찾지 못했다. 하지만 혹시 하며 해나는 규선을 올려다보았다.

"엄마가 정말 정신병원에 있었어요?"

잠시 말이 없던 규선이 하는 수 없이 고개를 끄덕였다.

"엄마가 정말 거기 있었다고요?"

"네. 그래요. 나도 아버지 돌아가시기 1년 전에야 알았어요."

"아빠도 알고 있었고요?"

해나는 절벽 앞에 선 기분이었다. 눈앞으로 컴컴한 어둠이 깔려 있었다.

"어떻게 그걸 나만 몰라요?"

"알리고 싶지 않았겠죠. 해나씨라도 마음에 그런 짐을 짊어지고 살지 말라고."

뾰족한 통증이 가슴 한가운데에 퍼졌다. 가슴속에서만 자라던 그것이 마침내 해나의 몸을 뚫고 밖으로 삐져나오는 것 같았다.

"조현병이래요. 우울증도 있었고. 폐쇄병동에 오래 있다가 최근에는 좋아져서 괜찮을 거라 생각했는데. 불쌍한 사람이에요. 엄마. 제일 좋은 때를 거기서 보냈어. 자기 스스로 벌을 준다며. 무슨 일인지 해나씨에게 죄를 지었다고 했어요."

해나는 무언가 견딜 수 없었다. 그만하라는 호소에 가까운 말이 통곡처럼 흘러나왔다.

15

무사

이성호였다. 그의 등이 보였다. 주방이었고 가스레인지 앞이었다. 이성호는 무언가를 끓이고 있었다. 식탁 위에는 김치와 김, 어묵조림과 같은 반찬이 놓여 있었다. 마나는 미묘한 기분에 빠져들었다. 꿈인지 현실인지 구분할 수 없었지만 과거의 어느 날로 돌아온 것은 확실했다. 눈에 익은 집이 어딘가 조금씩 이상했다.

"성호씨?"

하얗고 말간 얼굴이 마나를 돌아보았다. 야윈, 하지만 생기가 도는 얼굴이었다.

"밥은 먹었어?"

"아니."

"잘됐네. 거기 앉아."

마나가 잠자코 자리에 앉자 이성호가 식탁 위에 김치찌개를 내려놓으며 "어떻게 지냈어?" 하고 물었다.

"보시다시피. 당신은?"

"나도 그럭저럭. 후회하는 일 말고는 할 수 있는 게 아무것도 없네."

마나는 쓸쓸하게 일그러지는 이성호의 얼굴을 응시했다.

"살아서 저지른 죄 때문에 무시무시한 고문을 받는 곳이 지옥이라고 생각했는데, 그게 아니더라."

"그러면?"

"오히려 그 반대지."

"반대?"

"살아 있을 때 이루지 못한 것만 간절하게 바라게 돼. 그게 벌인가봐."

"겨우 나한테 밥상을 차려주는 게 당신 벌이야?"

"마나씨는 여전히 모르네. 다시 이런 걸 해줄 수 없다는 게 나는 너무 슬픈데."

"나는 누구의 슬픔 같은 걸 바라지 않아. 그냥 당신이 좀 자유로워지면 좋겠어."

마나는 "미안해"라고 말했지만 목소리가 제대로 나오지 않았다. 이성호는 알 듯 말 듯한 표정으로 마나를 바라보았다. 그리고 한참 동안 눈을 껌뻑이다 이렇게 말했다.

"부디, 나를 잘 잊어줘."

어디선가 물안개 같은 습한 바람이 불어왔다. 마나는 뺨에 흐르는 것이 뜨겁다는 생각을 했다. 하지만 손을 올려 닦아낼 수는 없었다. 마치 딱딱하게 굳은 몸에 갇혀 있는 기분이었다. 눈을 감고 가만한 숨을 쉬는 것 말고는 마나가 할 수 있는 일은 아무것도 없었다.

날이 환하게 개어 있었다. 며칠이 지난 것일까. 마나는 하얀 천장을 보며 생각했다. 병실 창밖의 여름은 한고비를 넘겼다는 듯 한층 순해진 열기를 내뿜고 있었다. 해나가 침대 옆에서 마나를 내려다보고 있었다. 부러진 팔과 다리. 찢긴 이마와 빠진 손톱. 눈을 뜨고 있었지만 마나는 자신이 무사하다는 것을 한참이 지나서야 알았다. 해나가 마나의 마른 입술을 물로 축이자 처음 본 얼굴이 마나를 향해 걸어왔다. 경찰이라고 했다.

"그날 몇 분이 언제쯤 모이신 거죠?"

마나는 경찰을 말끄러미 올려다보았다. 대답하려고 했지만 도무지 말이 나오지 않았다. 말은 소통할 수 없는 형태의 소리로만 입 밖으로 빠져나왔다. 끄응. 침대에 몸을 반쯤 기댄 마나가 눈만 깜빡이자 해나가 대신 대답했다.

"여덟 명이요, 아니 열 명쯤 되던가?"

"어머님이 말씀해주셔야 해요. 따님 답변은 의미가 없어요. 고마나씨, 맞다 틀리다 고갯짓이라도 해줘요. 그날 오전에 병원 정기 진료가 예약되어 있었는데, 취소한 거 맞아요?"

마나가 겨우 고개를 끄덕였고 다시 해나가 대답했다.

"맞아요. 취소했대요."

경찰관이 의심스러운 눈초리로 마나를 다시 살폈다.

"잘 대답해주세요. 재수 없으면 사기죄로 걸면 걸릴 수도 있어요. 지금 회사, 노조 양측이 마나씨와 해나씨를 따로 고소할수 있는 상황이라고요."

"저희가 뭘 잘못했는데요?"

"심신미약자를 이용해서 돈을 갈취하려고 했다는 제보가있어요."

"심신미약자를 이용한 건 누구고, 돈은 누가 갈취했는데요?"

경찰관은 겨우 눈을 뜨고 있는 마나에게 고개를 돌렸다.

"그게 아니라고요. 엄마는 병원에 가려고 했는데, 거기에 찾아왔어요. 그 사람들이. 오히려 사고를 낸 건 그 사람들인데, 그건 왜 조사를 안 해요? 거기엔 경찰도, 노조도, 회사측도 다 책임이 있다고요!"

"이해나씨는 엄마랑 반대편에 있었잖습니까. 위로금을 받기로 해놓고, 엄마는 또 노조측으로 가서 다른 얘기를 하고. 돈이라고 다 같은 돈이 아니에요. 위로금과 배상금은 법적으로완전히 다른 의미니까요."

"지금 사고에 대해 얘기하는 거잖아요. 돈 얘기가 아니라."

"이거 다 목격자들한테서 진술받은 내용입니다."

"그래요? 그 사람들에게 다시 물어보세요. 무력을 사용한 건 그 양측 간의 일이라고요. 엄마와 저는 그것과는 전혀 상관이 없어요."

경찰이 들고 있는 수첩에 무언가를 적었다. 마나는 그에게 말해주고 싶었다. 모두의 앞에서 자신이 들은 것, 자신이 문제라고 느낀 것을 상세하게 설명하고 싶었다. 해나도, 자신도 사실은 이용당했다는 것에 대해. 그 어느 쪽도 이익을 취하는 것 말고는 아무것에도 의미를 두지 않았다는 것에 대해. 그러나 마나는 곧 반복되는 오역에 전의를 잃어버렸다. 머릿속 생각들이 컵에 가득찬 물처럼 찰랑거릴 때마다 마나는 자꾸만 그 순간으로 기억을 되돌렸다. 약을 털어넣던 순간과 물이 차오른 순간. 옥상에서 내려다본 바다. 그 위를 점점이 떠다니던 푸른 부표들. 마나는 침대 옆에 서서 경찰에게 무언가를 말하는 해나의 얼굴을 물끄러미 쳐다보았다. 그를 향해 묻는, 따지는, 설득하고 한숨을 내쉬는 해나의 단어들이 작은 물고기처럼 마나의 귓가에 스쳤다.

마나에게는 수많은 질문이 있었다. 자꾸만 같은 것을 묻는 사람들에게, 어느 편인지를 묻는 사람들에게, 얼마나 득이 되고 해가 되는지 계산하고 선을 긋는 사람들에게. 정말 당신들이 아는 진실은 있음과 없음, 큼과 작음, 옳음과 그름처럼 명료함 속에만 존재하는지. 하지만 마나에게 진실은 늘 어떤 태도였다. 결과에 상관없이 그것이 진행되는 방향이고 그것을 뿌리로 하는 마음이었다. 마나는 그간 자신을 찾아왔던 이들을 천천히 기억했다. 애숙은 낮에, 규선은 저녁에, 해나는 낮과 밤에 틈틈이. 그리고 회사측과 노조측은 그 사이사이 젖은 장작에 불을 붙이듯 연기만 피우다 사라졌다. 무언가 다 끝났다고 여겨졌는데, 그들은 아직 원하는 것을 손에 넣지 못한 듯 보였다. 여전히 돈 이야기를 꺼냈고 그것으로 마나의 주변 사람들과 소란을 일으켰다. 마나는 그 사람들의 말소리가 어디론가 사라지기를 기다리는 것으로 시간을 보냈다.

"이것 좀 드셔보세요. 집에서 가져왔어요."

수박 냄새였다. 침대 곁으로 사람들이 모여들었다. 썩썩 수박이 썰리는 소리와 사각 수박을 베어 무는 소리. 해나와 애숙, 규선이 모여 앉아 수박을 먹었다. 마나는 그 모습을 물끄러미 바라보았다. 마나의 입에도 작게 썰린 수박 한 조각이 들어왔다. 얼음을 넣은 미숫가루도 있었다. 사람들 손에 종이컵이 하나씩 들려 있었다. 그 사람들은 마나 곁에 서서 부드럽고 따뜻한 소리를 냈다. 소리를 들으며 사람이 무엇으로 대체될 수 있느냐 하면 하다가, 결국 그렇게 될 수 없기 때문에 사람이라고 생각했다. 그들의 입에서 마나의 이름이 흘러나올 때마다 마나는 가슴이 뛰었다.

"마나, 우리 마나. 무사해서 다행이야."

마나는 무사(無事)라는 단어의 뜻을 생각했다. 어쩌면 자신이 이 바보 같은 일에 휘말린 것은 그 단어 하나밖에 없는 것 같았다. 편을 가르고, 상대를 악당으로 세우고, 죄를 뒤집어씌우고, 망하는 것을 보면서 안도하고, 책임을 회피하고, 그것으로 모두 어딘가 부서지고. 모두 겪고도 무사라니. 마나는 웃음이 났다. 속으로 웃어서 사람들은 몰랐지만 마나는 속으로 이제 겨우 무언가를 이해한 것 같다고 생각했다. 병실 앞에서 소곤거리고 있던 사람들이 하나둘 잠잠해졌다. 마나는 작은 소곤거림이 끊길 때까지 무언가를 듣고 또 들었다.

병원에는 '일주일만'이라고 말했지만 마나는 그럴 생각이 없었다. 마나는 다리와 골반 뼈들은 많이 좋아지고 있지만 좀더 지켜보자는 의사의 말을 무시했다. 해나는 물리치료 일정이 빡빡한 시점에 집에 갈 수 없는 노릇이라고 반대했지만 마나는 쉽게 고집을 꺾지 않았다. 진통제와 신경안정제에서 깨어날 때마다 마나는 집에 가고 싶은 마음이 간절했다. 어디로인가 돌아간다는 말이, 그 말이 자꾸만 하고 싶었다. 마나는 자신의 몸에 남아 있는 약 기운이 희미해지는 틈틈이 하고 싶은 말을 이야기했다. 먼저 습관적으로 주사되던 수면제와 신경안정제 같은 것을 줄이고 싶었다. 하루의 대부분을 몽롱하게 보내는 것이 싫었다. 아침 7시가 되면 눈을 뜨고 밥을 먹고 싶었다. 드라마나 뉴스, 라디오를 들으며 설거지를 하거나 빨래를 개고 싶었다. 무엇보다 맑은 정신으로 산책하고 싶었다. 바람과 햇살을 맞으며 커피를 마시고 싶었다. 그런 것을 잠깐 생각하는 사이에도 낮과 밤은 기차처럼 빠르게 마나를 스쳐갔다. 마나는 매일 그런 날을 기다렸다. 그렇게 집에 돌아가기로 결정한 날 밤 해나가 마나에게 말했다.

"집에 가면 소개해주고 싶은 사람이 있어."

마나가 눈을 껌벅거렸다.

"내 친구."

마나의 입술이 조그맣게 실룩였다.

"알아. 노라라는 사람이지?"

"응. 엄마처럼 대책 없이 모험을 좋아하는 여자야. 오늘은 그 여자의 글을 읽어줄게. 아주 재밌어."

허공에 멈추었던 마나의 눈길이 조금씩 지상으로 내려왔다.

"이 여자의 글을 읽으면서 나는 이상하게 자주 엄마 얼굴을 떠올렸어. 자, 들어봐."

음음 하고 목을 가다듬은 해나가 글을 읽기 시작했다.

"방에서 일제히 교회 종소리가 울려요. 조용하던 밤이 요란해지지요. 추운데도 창이 활짝 열리고 이쪽 집에서 저쪽 집으로, 저쪽 집에서 또 이쪽 집으로 사람들이 던진 색종이 테이프가 날아다녀요. 독일의 송구영신(送舊迎新)은 그래요. 모든 창문과 문이 열려 있지요. 골목골목은 춤추는 사람들과 노래하는 사람들로 붐비고 만나는 누구에게든 입맞춤이 허락되는 날이지요. 물론 테이블에는 맥주와 포도주, 과일과 고기가 가득하고요. 그러니까 섣달그믐날 밤, 나는 베를린 친구의 집에 머무르고 있었어요. 모두가 맥주에 거나하게 취해 있었지요. 밤 12시가 되니 안주인이 미리 준비해놓은 납을 가져왔어요. 불에 그것을 녹였어요. 그러고는 한 사람씩 찬물이 담긴 그릇에 녹인 납을 떨어뜨려보래요. 찬물에 납이 굳는 모양을 보고 파란 눈의 부인이 각자 맞이할 새로운 운명을 일러주거든요.

'와인과 과일이 가득찬 바구니 모양이 보이네요. 당신은 부자가 되겠어요.'

'두 개의 심장이 하나가 되었어요. 당신은 곧 사랑에 빠질 겁니다.'

'마차 바퀴가 돌아가고 있네요. 이제는 정말 고향으로 돌아갈 수 있겠네요.'

어찌나 재미있던지요. 부인은 멀뚱하게 서 있던 나에게도 납 한 숟가락을 주었어요. 여러 개의 푸른 눈이 지켜보는 가운데 나는 물속에 납을 떨어뜨렸지요. 납은 동그란 원을 그리다 얇은 종잇장 모양으로 굳어갔어요. 부인이 고개를 갸웃했어요. 그리고 말했지요.

'당신은 거꾸로 읽을 때 아름다운 책이네요.'

'그게 무슨 말이에요?'

'당신이 책이라면 그 책을 읽어도 사람들은 결론을 알지 못한
다는 뜻이지요.'

'사람들이요?'

'네. 사람들은 오직 이야기 속의 조각들에만 눈이 팔려요. 이
야기의 끝을 따라갈 수 없죠.'

누군가는 '정말 멋진 운명인데' 했고 또 누군가는 '예측할 수
없다니 어쩐지 슬픈 느낌이군' 했어요. 이상한 기분이었어
요. 갑자기 모든 것이 낯설게 느껴졌어요. 나에게 맥주를 따
라주던 부인이, 나를 지켜보던 사람들의 얼굴이, 이 장소가,
이 냄새 모두요. 나는 갑자기 두려워졌어요. 하지만 동시에
어떤 허락을 받은 기분이기도 했어요. 이상하게 가슴이 뛰었
죠. 좀 진정을 해야 했어요. 그리고 느닷없이 아무렇게나 길
을 나서보자 하는 생각을 했답니다. 아시다시피 이방인이 혼
자 집을 나선다는 것은 거의 도전에 가까운 일이잖아요. 하지
만 나는 그대로 집을 나섰습니다. 밤이었고 집은 점점 더 멀
어졌어요. 갈림길이 나타날 때마다 나는 막무가내로 방향을
틀었지요. 축제 인파에 섞여 걷다가도 나는 금세 혼자가 되
었어요. 막힌 길과 뚫린 길. 아까 봤던 길과 모르던 길이 이어
졌어요. 그곳에서 어떤 사람들을 만났어요. 내 볼에 가볍게
입맞춤하는 거대한 백인 여자도 있었고, 자신의 입술을 내미
는 털북숭이 신사도 있었지요. 그들과의 짧은 키스는 어쩐지
어색하지 않았어요. 낯선 골목을 걷는 내내 몸이 따뜻해졌지

요. 이상하게도 길을 잃었다는 두려움이 사라졌어요. 오히려 목적지가 없었다는 사실이 홀가분했지요. 정말 그 부인의 말대로 그날 나에게 특별한 운명이 생긴 것 같았어요."

16

고별

해나를 호출한 윤책임의 얼굴이 불콰했다.

"노라가 무슨 치매 걸린 노인 같잖아. 임부장이 폐기한 자료 사용했다는 말이 사실이야?"

누군가 임부장이 해나에게 남긴 자료를 두고 떠든 모양이었다. 노라의 베타버전 출시 예정일이 얼마 남지 않은 시점이었다. 사장은 매일 윤책임을 추궁했고 윤책임은 관련 직원들을 따로 불러 닦달했다. 결국 한 명의 프로그래머가 회사를 뛰쳐나갔고 새롭게 투입된 프로그래머가 다른 버전의 맵을 제시한 상태였다. 결과적으로 노라 프로젝트는 임부장의 말대로 돌아가고 있었다. 나경희를 싸구려로 만드는 일은 쉽지 않았다. 새로운 프로그래머가 윤책임의 말을 거들었다.

"히스토리 데이터는 이미 충분하지 않나요? 그보다 새로운 키워드 연결이 잘 안 되는 걸로 알고 있는데요."

"글쎄요. 나경희가 가진 히스토리 바탕에 새로운 단어들을 연결하려다보니."

"지금 뭔가 착각하는 거 아니에요?"

"무슨 말씀이시죠?"

"그냥 채팅 프로그램이라고 생각하면 쉬운데요. 과거의 어떤 인물을 부활시키는 게 아니란 말입니다."

"하지만, 실존 인물이잖아요."

"그냥 주어진 일만 했으면 좋겠는데요. 왜 일을 복잡하게 만들죠? 시키지도 않은 데이터러닝은 또 뭐고."

프로그래머의 말에 윤책임이 눈살을 찌푸리며 말을 잘랐다.

"글쎄, 그럴 필요가 없다니까. 해나님 참 답답하네."

해나는 윤책임에게 노라를 그렇게 만들면 안 되는 이유를 조목조목 다시 설득할 작정이었다. 그러나 그것을 실행하기도 전에 사무실에는 이미 묘한 분위기가 흘렀다. 모두가 약속이나 한 듯 해나를 데면데면하게 대했다. 유령을 대하듯 모두의 시선이 조금씩 해나를 비껴갔다. 김에게도 갑작스럽게 냉랭한 기운이 감돌았다. 해나는 모르는 척하고 싶었지만 계속 그럴 수가 없었다. 자리로 돌아오는데 누군가 해나의 뒤에서 속삭였다.

"아무 말도 하지 마요. 그냥 잠자코 있어요."

돌아보니 김이었다. 스치듯 지나며 해나 반대편 해나의 자리를 눈짓으로 가리켰다. 노라는 벌써 다른 사람에게 넘겨진 것이 확실했다. 해나는 하는 수 없이 자리에 앉아 있었다. 신문 스크랩을 모아놓은 곳도, 자료들을 쌓아 정리해둔 곳도, 노라의 메모들이 보관된 상자가 있던 곳 모두 휑하게 빈자리를 드러냈다. 해나는 다시 윤책임을 기다렸다. 그는 점심시간이 끝나고 한참이 지나서야 모습을 드러냈다.

"이건 아니지 않나요? 갑자기 예정에도 없이 담당자 교체라니요."

"갑자기라니? 내가 아까 말했잖아."

"제 일이었잖아요. 이 여자에 대해 저보다 더 많이 아는 사람이 회사에 있나요? 최소한의 예의 같은 것도 없나요?"

"예의?"

해나는 아랑곳하지 않고 윤책임에게 따져 물었다.

"사람들이 정말 그런 걸 원한대요? 사람들이 얘기하고 싶어 하니까 만든 거잖아요. 그래서 진짜 사람의 기억을 다 집어넣은 거잖아요."

"이봐, 이해나씨. 사람들이 중요해? 그렇게 사람들을 위하면 봉사단체로 가라고. 여기서 이러지 말고."

해나는 옹졸하게 구겨진 윤책임의 얼굴을 보며 말했다.

"그럼, 사람이 안 중요합니까? 노라와 얘기해본 적은 있어요? 최소한 그건 해보고 말해야 하는 거 아닌가요?"

그러니까 이건 세상의 일이고, 세상의 일부답게 대해달라는 말을 해나는 조곤조곤 이어갔다. 해방감 같은 것이 느껴졌다. 마음 깊은 곳에 박혀 있던 말을 마침내 꺼내서 할 수 있다는 사실이 신기하게 느껴졌다. 해나의 말을 듣던 윤책임이 말투를 바꾸어 깍듯하게 대답했다. 비아냥대는 태도가 분명했다.

"알겠어요. 그건 참고하지요."

윤책임이 자신의 방으로 향하려다 돌아서서 말했다.

"곧 헤드헌터한테 연락이 갈 겁니다."

"절 해고한다는 뜻인가요?"

"전 해고라는 말을 한 적이 없어요. 해나님의 경우에는 그것도 해당사항이 아니지만요. 이해나씨가 정확히 우리 회사 직원은 아니잖아요? 파견 계약직이라고요."

해나는 이미 알고 있다고, 다만 그런 것을 왜 하필 내가 없을 때 결정한 것인지 따져 묻지 않았다. 속셈을 모르는 바 아니니까. 끝내 솔직하게 말하지 않을 테니까. 해나는 잠시 말없이 서 있었다.

"책임님은 정말 그 모든 게 프로그램 오류 때문이라고 생각해요?"

"그건 명백하죠."

"아니요. 어떤 프로그램이 어떻게 돌아가는 것과 상관없이 노라는 분명히 다른 기계들이랑은 달라요. 처음엔 제가 입력한 말들이 노라의 말이 됐지만, 최근에는 아니었어요. 나에게 질문을 했다고요!"

"해나님이 정말 사람 같다고 느끼는 건 거기에 감정을 이입했기 때문이야. 그 이상도, 이하도 아니라고!"

해나는 윤책임을 빤히 쳐다보았다. 해나는 그런 것을 따져 묻는 것이 아무 소용없다는 것을 비로소 깨달았다.

"이제 인수인계를 마무리해줬으면 해요."

해나는 이 순간을 아주 오랫동안 각오하고 있었음을 깨달았다. 느슨하게 풀린 나사 같은 것이 가슴속에서 덜컹거렸다. 윤책임은 해나의 눈을 비스듬히 피하며 방으로 들어갔다. 문이 쾅 소리를 내며 닫혔다.

해나는 자리로 돌아오는 것이 망설여졌다. 노라에게 어떤 말을 할 것인지 미리 생각하고 싶었다. 그러나 결국 아무 결정도 내리지 못했다. 오늘 노라와 나누고자 했던 이야기가 책상 위에 정리되어 있었다. 바이칼호를 지난 그다음의 이야기. 해나는 한참 동안 그것을 내려다보았다.

"내가 노라에게 원했던 것은 무얼까?"

나경희가 썼던 메모를 살피는 해나의 머릿속에 다시 엄마의 얼굴이 겹쳐 떠올랐다.

"기차를 아주 오래 타본 적이 있어요. 시베리아를 횡단해서 러시아와 독일, 프랑스와 벨기에 등을 거치는 여정이었지요. 황무지와 벨벳처럼 깔린 수풀이, 청색·홍색·황색·백색의 이름 모를 꽃들이, 송림 사이로 뾰족한 교회 첨탑과 끝도 없이 이어지는 감자밭과 보리밭이, 호수가, 언덕이, 자작나무와 양귀비가 시간의 속도로 펼쳐졌다 접히기를 반복했지요. 그렇게 사흘이고 나흘이고 달리다보면 결국 창밖 풍경은 멈춰 있는 것처럼 보여요. 사각의 창 안 풍경은 그저 그림처럼 걸려 있지요. 시간이 거꾸로 흐른다고 해도 모를 거예요. 창을 계속 들여다보고 있으면 그 명료한 풍경에 안도하게 되면서 말이에요. 밥을 먹고, 차를 마시고, 책을 읽고, 꿈을 꾸면서 시간은 끝내 견디는 무엇이 되고 말아요. 정해진 목적지에 도착하는 것이 중요한 사람들에게 견디는 일만큼 당연한 일이 있을까요? 하염없이 창밖을 보고 있던 나에게 친구가 물었어요.

'좀 특별한 게 있니?'

나는 고개를 저었죠. 그가 가볍게 말했어요.

'우리 그냥 여기서 내릴까?'

나는 갑작스러운 제안에 당황했죠. 그리고 물었어요. '그럼 더 재미있는 일이 생길까?' 하고요. 그는 바지 주머니에 손을 찔러넣으며 말했어요. 가을바람처럼 맑고 시원한 목소리였어요. '그야 모르는 일이지' 하고요."

해나는 읽던 종이를 뒤집어놓았다. 빠른 걸음으로 회사 창고로 향했다. 먼지를 뒤집어쓰고 있는 봉지들을 일일이 하나씩 열어보았다. 오래된 서류 더미와 용도를 알 수 없는 플라스틱병들이 나뒹굴고 있었다. 해나는 손으로 그것들을 골라냈다. 뒤늦게 따라나온 김이 물었다.

"왜 그래? 뭐 하는 거야?"

해나는 허리춤까지 오는 박스 더미들을 뒤집어 안에 들어 있는 것들을 다 쏟아냈다. 내용물들이 한꺼번에 와르르 바닥으로 떨어졌다.

"도대체 무슨 일이냐고?"

"아무것도 아니에요. 가서 일 봐요."

해나는 눈길도 돌리지 않은 채 차갑게 말했다.

"이러고 있는데 어떻게 일을 봐. 뭘 찾고 있는지 말을 해야 도와주지."

해나는 쪼그려앉아 쓰레기를 하나씩 골라내며 말했다.

"진즉에 도와주지 그랬어요. 그 자료들이 얼마나 중요한 건데. 도대체 어떻게 그럴 수 있냐고. 나한테 전화 한 통이라도 해주지! 노라가 남긴 메모라도 챙길 수 있게. 그게 이런 데 이렇게 처박힐 게 아닌데!"

해나는 더 따져 묻는 것을 멈추었다. 김의 잘못이 아니었다. 누구의 잘못도. 다만 더는 움츠러들고 싶지 않다는 생각을 했다. 사는 동안 너무나 많이 반복해왔던 그런 실수를 또 하고 싶지는 않았다.

해나는 쌓여 있는 박스 밑바닥까지 손을 넣어 더듬었다. 마침내 찾은 것은 찢어지고 더러워진 두 장의 사진이었다. 다행히 나경희가 손수 쓴 메모들도 찾아냈다. 해나는 그것들을 휴지로 대충 닦은 뒤 가방 한쪽에 넣었다. 더는 아무것도 하지 말라는 윤책임의 말이 떠올랐다. 아랫배에 묵직한 통증이 느껴졌다. 주머니에서 진동이 느껴졌다. 해나를 파견했던 헤드헌터의 전화였다. 친절한 목소리였지만 묘하게 사무적인 말투였다.

"해나씨. 내가 해나씨 눈치 빨라서 좋아했던 거 잘 알죠? 그래서 연봉도 좋고, 잘 다니면 정식으로 계약도 할 수 있는 회사에 소개해드린 거 인정하죠?"

해나는 그렇다고 말하면서 창고 밖으로 나갔다. 아직 윤책임을 더 설득해야 할지, 말아야 할지 결정하지 못해서 마음이 바빴다. 만약 윤책임의 결정에 따른다면 노라의 일을 어떻게 마무리지어야 할지도 난감했다.

"그걸 다 알면서 왜 그러셨어요. 시키는 것만 좀 신경써서 하시지. 해나씨 있는 위치가 뭘 생각하고 말고 할 자리가 아니잖아요. 윤책임이 그런 거 제일 싫어하는 줄 알면서. 해나씨는 계약직인데, 자꾸 이런 문제가 불거지니까 다른 직원들 단속하기도 좀 그런가봐요. 자기가 뭐가 되냐고. 해나씨 듣고 있어요? 제가 그것 때문에 곤란해졌다고요."

헤드헌터는 수화기 너머에서 계속 떠들었다.

"아무튼 해나씨, 윤책임이 우리랑 더는 계약을 안 하겠다고

배짱을 부리면 나도 어쩔 수 없어요. 무슨 말인지 이해하죠?"

해나는 멍하니 복도를 걸었다. 제대로 된 대답을 못 했다는 자책이 밀려왔다. 그때였다. 무언가 뜨끈한 것이 다리 사이로 흘렀다. 무언가 잘못되었음을 안 순간 해나는 그대로 바닥으로 고꾸라졌다. 철퍽 소리와 함께 본능적으로 자신의 배를 감쌌다. 스마트폰이 저만치 날아가는 것이 보였다. 복부에 뭉툭하고 기분 나쁜 욱신거리는 통증이 몰려왔다. 뱃속에 해나와 오재의 반반을 품은 상태. 희망과 절망의 혼합 상태. 전혀 예상하지 못했던 존재가 느닷없이 자신의 존재를 드러내는 기분이었다. 눈앞에 있는 것이 핑그르르 돌고 일렁였다. 현기증이 머릿속을 뒤흔들었다. 해나는 아랫배를 문지르며 일어섰다. 뜨거운 핏줄기가 다리 사이로 흐르고 있었다. 해나는 그 순간 자신에게 필요한 것이 무엇인지를 생각했다. 숨을 쉴 때마다 자신의 심장소리가 아닌 다른 두근거림이 느껴졌다. 생각해보면 당연한 일일지도 몰랐다. 해나는 스마트폰을 주워 다급하게 통화 버튼을 눌렀다.

"오재야."

해나는 겨우 오재의 이름을 불렀다. 가만히 듣고 있는 오재의 숨소리를 듣는데, 눈에서 눈물이 와락 쏟아졌다. 해나는 흐느끼며 웅얼거렸다. 오재는 알지 못하는 어느 날, 어떤 소리에 대한 이야기였다. 산부인과에 수술 날짜를 잡으러 간 날이었다. 해나는 침대에 누워 진찰을 받다가 무심코 그 소리를 들었다. 의사는 아무 말도 안 했지만 해나는 그것이 심장소리임을 알았다. 처음에는 소리가 너무 커서 놀랐고, 다음은 그 소리를 내는 존재가 너무 작아서 놀랐다. 병원 복도를 빠져나오는데 세상이 무섭도록 조용해서 소름이 돋았다.

"내가 그랬어. 아기를 지우러 갔었어. 내가 그랬다고. 그런데……."

해나가 말하자 오재가 대답했다.

"진정해. 내가 지금 갈게. 거기 그대로 있어."

해나는 조용히 눈을 감았다. 사람들이 오가는 길 한복판에서 누구에게 하는지도 모르는 말을 중얼거렸다. "제발, 제발, 제발." 자신의 목소리가 몸속을 울리는 것을 들으며 해나는 그것이 기도라는 사실을 깨달았다. 해나는 불운을 겪는 모든 사람이 스스로를 그렇게 위로하며 사는 것인지도 모른다고 생각했다.

해나가 오재의 부축을 받고 침대에 눕자 종아리에 말라붙은 핏자국이 드러났다. 오재는 까맣게 변한 그것을 바라보았다. 해나는 그것이 통증처럼 느껴졌다. 그 통증은 지금까지 해나가 경험했던 것과는 확연히 달랐다. 함께 느끼는 사람이 있는 것과 오직 해나 혼자만의 것임이 달랐다. 시간이 지나면, 언젠가 오재와의 어떤 시간을 떠올린다면 해나는 지금을 기억하게 될 것 같다고 생각했다. 의사가 모니터를 응시하자 오재가 해나의 손을 꽉 붙잡았다. 가슴 한쪽이 꽉 차는 느낌이었다. 해나는 화면에서 움직이는 하얀 점을 보았다. 의사가 볼륨을 켜자 그것이 내는 소리가 해나와 오재의 귀에 울렸다. 짧은 순간에 수많은 감정이 두 사람 사이에 오갔다.

"다행이네요. 심장이 잘 뛰네요."

"심장이 이렇게 빨리 뛰는데요?"

"네. 아기들은 심박수가 빨라요. 이제 매주 1분에 1회씩 느려질 거예요."

"왜요?"

"중요한 신경계 장기가 이제 제자리를 잡으니까요."

해나와 오재는 오래도록 그 소리를 들었다. 리듬이 아름다웠다. 오재가 해나에게 속삭였다.

"지금처럼 살아도 좋고, 다르게 산다고 해도 괜찮아."

오재가 그렇게 말하기 전까지 해나는 자기가 잘 살아왔다는 생각을 해본 적이 없었다. 돌아보니 자신이 지낸 시간들은 늘 누군가 낸 시험을 통과하는 일 같았다. 해나는 가만히 그의 말을 따라 중얼거렸다.

"지금처럼 살아도 좋고, 다르게 산다고 해도 괜찮을까."

그제야 오재의 근심스러운 표정이 풀어졌다. 오재는 말없이 해나를 향해 손을 뻗었다. 천천히 해나의 뺨과 눈에 맺힌 눈물을 훔쳐냈다.

17

마주

열어둔 창으로 냄새가 들어왔다. 이제 곧 저녁이었다. 대추가 익는 달큼한 냄새가 주방에 퍼졌다. 마나는 닭죽이 퍼지길 기다리며 이것이 자신이 해나에게 해줄 수 있는 유일한 위로임을 깨달았다. 해나는 이 고소하고 달큼한 냄새가 그리웠으리라. 마나는 어제보다 좀더 또렷해진 정신 상태임을 자각하며 숨을 깊이 들이마셨다. 맑은 물에 머리를 헹구어낸 것처럼 세상이 선명하고 또렷하게 다가오는 것 같았다. 마나의 몸이 가볍게 움직였다. 그릇을 꺼내는 소리, 가스레인지를 켜는 소리, 숟가락이 그릇에 부딪히는 소리에 잠이 깬 해나가 거실로 나왔다.

"죽 다 됐어. 좀 먹자."

해나는 소파에 웅크려 누운 채로 쉽게 눈을 뜨지 못했다. 마나가 다가와 해나의 이마를 짚었다.

"열이 있네."

마나가 주방으로 가서 물 한 잔을 떠왔다.

"마셔. 무슨 땀을 그렇게 흘려? 일단 있어봐. 내가 약이라도 찾아볼게."

"약은 안 돼."

"왜?"

거실 안으로 어둠을 밀어낸 빛이 들어오고 있었다. 해나가 천천히 몸을 일으켰다. 물을 한 모금 마신 해나는 식탁에 앉으며 오늘이 출근 마지막 날이라고 했다. 마나가 닭죽을 내왔다. 해나가 닭죽 한 그릇을 다 비우는 동안 마나는 아무것도 더 묻지 않았다. 빈 그릇을을 내려다보던 해나가 말했다.

"나 임신했어."

이번에도 마나는 아무 말도 할 수 없었다. 다만 자기도 모르게 주먹을 꼭 쥐었다. 애숙의 말이 사실이었다. 해나의 몸 상태에 대해 맨 처음 말을 꺼낸 이가 애숙이었다. 아빠가 누구인지 짐작하게 힌트를 준 것은 규선. 해나는 마나의 반응을 살폈다. 신경을 곤두세웠지만 마나는 지금 자신이 느끼는 것이 어떤 감정인지 도무지 말할 수 없었다.

"아기를 가졌다고?"

"응."

해나는 자신의 배를 쓸며 가만히 고개를 끄덕였다.

"어색하고 불안해."

마나는 한참 동안 해나의 배를 응시했다. 며칠 전 꾸었던 꿈이 떠올랐다. 잠시 뒤 마나가 해나의 어깨를 편안한 자세로 고쳐주며 말했다. "실은, 나 꿈을 꾸었어" 하고.

"눈이 부셔서 똑바로 바라볼 수 없을 정도로 맑은 호수를 봤어. 꿈에서. 그 호수 위에 예쁜 꽃잎이 떠가는 거야. 바람결에 살랑살랑. 하도 예뻐서 꽃잎을 건지려고 나도 모르게 호수에 발을 들였지 뭐니. 신발이 젖어서 깼는데, 꿈이 하도 생생한 거야. 그래서 할머니에게 그 꿈 얘기를 했어."

"그랬더니?"

"그게 해나 꿈인가보다 하시더라."

"어떻게?"

"네가 부쩍 밥을 잘 못 먹더래. 시고 짜고 맵고 그런 것만 찾고. 그런 걸 좋아하지도 않던 애가."

"그래서?"

"그래서는 뭘 그래서야. 잘 살펴봐라 하시더라. 엄마 말이 맞았네."

마나가 해나의 이마를 가만히 쓸었다.

"호수에 꽃잎. 그럼 딸인가?"

"어쩌면."

대화가 이렇게 흘러가자 마나는 앞으로의 계획 같은 것을 더 물을 수가 없었다. '이제 어쩔 셈이니?' 혹은 '대체 아빠가 누구야?' 같은 말이 입속에서 맴돌았다. 하지만 그런 마음은 곧 사라졌다. 누구보다 마나는 해나의 마음이 가늠되었다. 막 막할 것이다. 희망과 절망이 번갈아올 것이다. 마나는 해야 할 일을 떠올렸다. 간단한 청소와 빨래, 꿉꿉한 냄새를 풍기는 이 불을 햇볕에 널고 신발장 정리를 좀 하고. 마나는 그 중간중간 "정말 괜찮을 수 있을까" 하고 자문했다.

퇴근시간 해나는 오재와 함께 집으로 돌아왔다. 마나는 오 재와 해나의 얼굴을 번갈아보았다. 오재가 마나를 향해 이를 드러내며 웃자 마나는 병실에서 들었던 오재의 목소리를 떠 올렸다. 해나는 오재를 소파에 앉히고 주방으로 가서 물을 챙겨왔다. 열어놓은 창으로 조금 선선해진 바람이 불어왔다. 풀냄새와 햇볕냄새가 오후의 바람과 함께 실려왔다. 오재가 직접 구운 쿠키를 꺼내 왔다. 오랜만에 마나의 입에 침이 돌 았다.

"이거 좀 드셔보세요. 오늘 저녁은 저랑 해나랑 같이 차릴 게요."

오랜만에 마나의 얼굴에 옅은 미소가 번졌다. 마나는 꿈에 서 완전히 깬 말간 얼굴로 주변을 살폈다. 집 안에 구수하고 달 큼한 냄새가 퍼지고 있었다. 해나는 채소를 다듬고 오재는 김 을 구웠다. 음식 냄새가 풍기자마자 그간 잘 느끼지 못했던 허 기가 몰려왔다. 동시에 마나는 잠깐, 지금 이 순간이 막연하게 어떤 미래 같다는 생각을 했다. 무사한 미래.

오재는 그렇게 왔다. 하루종일 무언가를 반죽하고 밀고 굽는 냄새를 풍기며 마나를 보러 왔다. 해나가 이력서를 돌리고, 면접을 보고, 구청에 서류를 떼러 갈 때마다 오재는 마나의 식사를 준비하고 말동무도 되어주었다. 마나와 산책을 나가거나 운동하는 것도 어느새 오재의 일이 되어 있었다. 때때로 마나는 해나와 있는 시간보다 오재와 있는 시간을 더 좋아했다. 마나는 해나에게 통하지 않는 투정을 오재 앞에서 하기도 했다. 그 누구보다 오재가 함께 산다는 번거로움을 기꺼이 받아들였다. 마나는 종종 소란을 일으키고 번번이 후회했지만 그런 일은 또 시간이 흐르고 나면 다시 무사한 일이 되어 있었다.

어느 날 오재가 마나를 식탁 앞에 앉혀놓고 쿠키와 초콜릿 생크림으로 장식한 케이크를 들고 왔다. 마나는 케이크 한 조각을 떠서 입으로 가져갔다. 그런 다음 천천히 맛을 음미했다. 고개를 끄덕였다. 부드럽고 달콤한 맛이 마나의 입가에 드러났다.

"맛이 괜찮아요?"

마나가 고개를 끄덕였다.

"다음에 또 만들어드릴게요. 다음엔 과일 케이크로."

"새로 배운 거야?"

"아니요. 지금은 마들렌 굽는 걸 연습하고 있어요."

"아. 마들렌."

마나는 그 공기를 깊게 들이마셨다. 숨 속에 달고 부드러운 것이 배어 있었다.

"잠깐 눈 좀 붙이실래요? 좀 피곤해 보이시는데."

"아니. 케이크 더 먹을래."

"그래요. 그럼 조금만 더 드세요."

오재는 케이크 한 조각을 떠 접시에 담았다. 따뜻한 차도 내왔다. 마나는 케이크 한 접시를 다 비웠다. 의자에 비스듬히 기대어 오재가 텔레비전 보는 모습을 물끄러미 보았다. 볼일을 보고 돌아온 해나가 오재 옆으로 가 무언가 재잘거리는 것을 오래도록 지켜보았다.

밤이 왔다. 해나가 불을 끄고 누웠다. 해나와 마나는 이성호의 방에 나란히 누웠다. 누워서 캄캄한 천장을 보았다.

"엄마, 내 얘기 좀 들어봐."

어둠 속에서 마나는 해나를 향해 몸을 돌렸다.

"커다란 어항에 물고기가 있는데 말이야, 물고기."

"응, 물고기."

"빨간 물고기도 있고, 파란 물고기도 있어. 말하자면 어항에는 빨간 물고기와 빨갛지 않은 물고기, 혹은 파란 물고기와 파랗지 않은 물고기들이 들어 있는 거야."

"물고기가 빨갛고 파래?"

"응. 그래. 그런데 자세히 보니까 그런 물고기만 있나? 또 그게 아니지. 빨간 물고기면서 작거나 크고, 파란 물고기면서 작거나 크고. 개네가 그런 애들인 거야."

"아, 빨가면서 크거나 작기도 하고. 파라면서 크고, 작고."

"응. 그런데 그렇게 조금 지나니까 그 어항 속에 모든 물고기가 점무늬도 있는 거야. 빨갛고 크거나 작으면서 점무늬가 있거나 없고, 파랗고 크거나 작으면서 점무늬가 있거나 없고."

"재밌다. 그 물고기들."

"무슨 말인지 모르겠지? 그래도 잘 들어봐. 되게 신기한 얘기야."

"응."

"그런데 벨이란 남자가 이런 생각을 하고 공식을 발견했대."

"아, 벨."

"빨갛고 작은 물고기의 마릿수 더하기 크고 점무늬 있는 물고기의 마릿수는 빨갛고 점무늬 있는 물고기의 마릿수보다 항상 크거나 같다. 이게 절대 틀리지 않는 공식이래."

"세상에 그런 게 있어? 절대 틀리지 않는 거?"

"그렇지? 그게 좀 그렇지 않아? 세상에 그런 공식이 존재하다니."

"에이, 그런 건 없어."

"그러니까. 나는 그 물고기가 빨간지 파란지도 관심 없고, 그게 큰지 작은지, 심지어 점이 있는지 없는지도 몰랐는데. 어떤 사람들은 자꾸 이런 것을 만들어서 최선의 답을 찾으라고 해. 진짜 이상하지? 그게 언제나 누구에게나 최선일까?"

"이런 괴상한 얘기는 왜 하는 거야?"

"괴상한 일을 좀 해보려고."

"무슨?"

"노라를 다른 곳에서 만들어보고 싶어."

"다른 곳?"

"응. 다른 회사에서 노라가 아니라 나경희로."

"나경희?"

"응. 그게 노라의 이름이야."

"아……."

"엄마, 자?"

마나는 한동안 아무 말도 하지 않았다. 해나는 어둠 속에 잠겨 여러 번 몸을 뒤척였다. 천장에 매달린 형광등에 파르스름한 빛이 남아 있었다. 그 흔들림 속에 빨갛고 파랗고 점이 있고 크고 작은 물고기들이 떠다니는 것 같았다.

"엄마 생각나? 아버지가 나 글씨 가르쳐줬던 거."

"응."

"아버지가 연필을 쥔 내 손을 잡고 같이 글씨를 써줬던 거."

"응. 기억나."

"아버지가 매번 똑같은 걸 써줬잖아."

"주소였잖아."

"그게 쓰여 있었어."

"어디에?"

"아버지의 유서."

"이성호의 유서?"

"응. 아버지가 유서에 그걸 푸른색 펜으로 써놨더라."

해나의 목소리가 어둠 속에 울렸다.

"서울특별시 영등포구…… 신길동."

해나가 신길이라고 발음하는 순간 마나는 눈을 감았다. 묵직한 눈물이 눈꼬리를 따라 귓가로 흘러내렸다. 축축해진 해나의 숨소리가 들렸다. 마나는 소리를 내지 않으려고 눈물을 삼켰다. 목울대에 슬픔이 걸려 불쑥거렸다. '기껏해야 주소인데, 이렇게 수많은 것이 뒤엉킬 수 있나' 하고 마나는 생각했다. 이윽고 그 주소에 걸려 있는 것이 떠올랐다. 영등포구 신길동 그 좁은 골목골목에서 난 봄과 여름과 가을과 겨울. 계절마다 조금씩 달라졌던 공기의 냄새와 맛. 그 사이를 구부정하게 걷던 이성호의 뒷모습과 고소한 닭튀김 냄새를 풍기는 그의 월급날이 아른거렸다. 한겨울 현관문에 들어서면 갓 쪄낸 호빵을 내밀던 손, 한쪽만 꺾인 갈색 구두, 베갯잇에 묻은 염색약 얼룩. 쑥스러울 때 코를 만지는 습관과 방충망을 고치며 갸웃거리던 고개……. 새삼스러울 만큼 사소했던 것들이 어둠 속에서 쏟아져 내렸다. 무엇보다 어떤 것에든 주소를 먼저 써놓는 이성호의 버릇이 또렷하게 생각났다.

그것은 낡은 업무 수첩에도, 일기에도, 양복 안주머니 옆에도 적혀 있었다.

서울시 영등포구 신길동 79-20.

해나가 말했다. 비를 맞아 유서의 모든 글자가 푸른빛으로 지워졌더라고. 다만 '신길동'이라는 글씨만 흐릿하게 남아 있더라고. 마나는 이성호의 유서에 번져 있던 푸른빛이 무엇인지 알 것 같았다. 잉크의 푸른빛이 지운 글자들. 이성호의 단어들. 미련들, 원망들, 슬픔과 후회들. 이제 누구도 해석할 수 없는 고유의 문장. 그것들은 번지고 흩어져 이상하고도 아름다운 문양으로 마나의 머릿속에 그려졌다. 그렇게 보니 이성호의 유서는 꼭 삶의 선언문 같았다. 제목이 유서였으므로 우리는 그것을 유서라고 부를 뿐. 그제야 마나는 어렴풋이 알 것 같았다. 지금 이 순간이 이성호가 남긴 최선의 것임을. 그와 화해할 수 있다면 그 단초는 바로 여기라고. 마나는 생각했다. '꿈속에서 다시 이성호를 만난다면 이 얘기를 꼭 해줘야지' 하고.

"이제, 졸리다."

"그래, 잘 자."

"너도."

"신길동도 잘 자고, 아버지도 잘 자고."

마나와 해나는 눈을 감았다. 두 사람은 동일한 어둠을 마주했다. 다시 불행의 한가운데로 떨어질 수 있고 그렇게 주저앉아버릴 수도 있지만, 그러나 그런 모든 것이 괜찮다고 생각되는 밤이었다. 마나는 나직이 중얼거렸다.

"잘 자. 모두, 잘 자자."

자기 배려의 시간, 타자 배려의 시간

고영직(문학평론가)

인공지능이라는 '테크노폴리스'

나는 '미래'라는 말을 마냥 신뢰하지 않는다. 우리 사회에서 미래라는 말이 가치중립적으로 쓰이지 않기 때문이다. 오히려 지금, 누가 미래를 말하고 이익을 보는가를 따져보지 않으면 공허한 미래주의에 현혹될 수 있다고 믿는 편이다. 2016년 알파고 충격 이후 소위 4차 산업혁명 담론이 여전히 득세하지만, 결국 자본의 이익을 위한 일종의 '공포 마케팅'으로 활용되었다는 점을 직시할 필요가 있다. 유발 하라리의 『사피엔스』 제 4부에 묘사된 생명공학, 사이보그, 인공지능을 비롯한 트랜스휴머니즘(transhumanism)류의 기술-미래 담론은 역사학이 생물학 또는 미래학으로 변형되어 우리 현실을 압박하는 하나의 예가 될 것이다.

우리가 정작 물어야 할 질문은 '어떤 미래인가?'이다. 문학을 비롯한 인문학이 물어야 할 질문은 어느 시대를 다루든 간에 개별 주체로서의 인간이 지닌 모순된 인간성과 개성을 오롯이 조명하면서 이로부터 발견되는 더 심화된 인간 이해를 가능하게 하는 것이어야 한다. 경제성장이라는 명령어에 의해 추동되는 지금 여기의 미래주의가 주도하는 변화의 물결이란 '누구를 위한 미래인가?'를 물어야 한다. 차라리 나는 "미래에 대한 최선의 예언자는 과거"라고 한 시인 바이런의 말이 더 진실에 가깝다고 생각한다.

하지만 우리는 원하든 원하지 않든 간에 누구나 알고리즘의 고도화를 추동하는 인공지능(AI) 시대에 살고 있다. 미국의 기술철학자 랭던 위너는 "세계지도에 테크노폴리스(Technopolis)라는 국가가 나오지는 않지만 우리는 그 국가의 시민이고, 좋든 싫든 우리 자신이 인간 역사의 새로운 질서에 속하게 되었다는 것을 인정해야 한다"라고 말한다.* 일상의 모든 것이 데이터가 되는 인공지능 시대를 맞아 우리는 테크노폴리스의 시민이 되었고 로봇 역시 그 국가에서 함께 살아가야 할 이주민이 되었다는 것이다. 실제로 우리는 사용자의 개인 정보, 이용 기록, 선호도 등 대량의 빅데이터를 분석하여

---

* 구본권, 『로봇 시대, 인간의 일』, 어크로스, 2015, p. 10 재인용.

맞춤형 콘텐츠나 광고를 보여주는 인공지능 알고리즘이 구현된 일상으로부터 벗어날 수 없다. 매 순간 빅데이터가 있기 때문이다. 그래서 "빅데이터는 인공지능 시대를 움직이는 새로운 자원이자 신경제의 화폐이다"라는 말이 전혀 어색하지 않은 시대가 되었다.

신주희 장편소설 『영과 영원』은 인공지능 시대에 한 사람의 고유한 인간의 인간됨은 어디에서 비롯하는가를 묻고 있는 작품이다. 신주희의 이런 문제의식은 암호화폐 전자지갑 회사를 배경으로 한 최근작 「작은 방주들」에서도 묘파된 바 있다. 『영과 영원』에는 세 명의 주요 여성이 등장한다. 실존 인물 나혜석(1896~1948)을 모델로 한 '나경희(노라)'와 인공지능 콘텐츠 회사에서 데이터마이닝(data mining) 작업을 하며 나경희를 최첨단 AI 챗봇으로 만드는 인물 '해나', 해나의 엄마 '마나'가 그들이다. 신주희는 이 세 여성이 자기 앞의 인생을 어떻게 살고자 했으나, 어떻게 '운명(ananke)'이 그들의 발목을 잡았는지를 묘사한다.

나는 신주희의 『영과 영원』을 읽으며 '이니시에이션(initiation)'이라는 단어가 퍼뜩 떠올랐다. 이니시에이션이란 삶의 득의(得意) 또는 비의(秘意)의 깨달음을 의미하는 말이다. 다시 말해 신주희 소설은 시대가 아무리 변한다고 하더라도 쉽게 변하지 않는 어떤 진실이 있다는 것을 역설하는 작품이다. '나경희'에서 '노라'로 이름이 바뀐 챗봇 노라의 말은 『영과 영원』에서 신주희가 발견한 득의의 깨달음일지도 모른다.
"저는 노라입니다. 노라지만 과거만의 노라는 아닙니다. 그러
니까 과거의 노라를 정확히 이야기할 수는 없습니다. 저는 지
금을 사는 노라입니다. 여전히 삶을 원하고, 그것을 위해 매일
공부하는 것이 저의 존재 이유입니다." '지금'을 충실히 산다는
것, 그것은 '어디를 가건 거기에서 주인이 되어라'라는 『임제
록(臨齊錄)』의 수주작처(隨主作處)의 의미를 연상하게 한다.

시간을 회전한다는 것 : 궤도를 다시 돌린다는 것

앞서 언급했듯이 『영과 영원』에는 나경희(노라), 해나, 마나
등 세 여성의 서사가 소설의 중심 스토리라인을 이룬다.

먼저 실존 인물 나혜석을 모델로 한 인공지능 챗봇 나경희
(노라)의 경우를 보자. 나경희는 1920년대에서 1930년대에
'굵직한 스캔들'의 주인공이었다. 상대는 다 '이름깨나 날리던
시인, 소설가, 정치인'이었으나 그는 1948년 원효로 시립자제
원 행려병동에서 무연고 사망자로 발견된다. 관보 광고란에는
"행려사망(行旅死亡). 신장 4척 5촌, 두발 장(長), 기타 특징 무
(無)"라고 기록되었다.

하지만 이와 같은 행장(行狀)이 나경희(노라)의 진짜 모습
은 아니다. 독자들은 미술관 챗봇이었던 나경희를 '노는 언니'
로 만드는 작업을 하는 해나와의 대화를 통해 나경희가 살고

자 한 '삶'이 무엇이었는지를 차츰 알게 된다. 그것은 스스로 "손에 제 삶을 쥔 여자"라고 한 표현에서 확인할 수 있다. 다시 말해 나경희의 기억은 선택적이고 서사적으로 작동한다는 점을 확인하게 된다. 하지만 '윤책임'으로 대표되는 회사측은 여성으로 자립하고자 한 나경희의 삶 따위에는 관심이 없다. 챗봇 노라에게 기대하는 것은 "소개팅 성공 확률이 높은 장소에 대한 소개라든가 한눈에 상대를 파악하는 몇 가지 팁, 스킨십 진도를 빠르게 빼는 방법과 나쁜 남자 혹은 여자를 길들이는 요령" 같은 것이다. 챗봇 노라에게 기대하는 것이란 서사 없는 텅 빈 삶에 가깝다. 철학자 한병철이 "디지털 플랫폼은 빈틈없는 삶의 기록화에 관심이 있다. 덜 이야기될수록 더 많은 데이터와 정보가 생성된다"*고 말한 것은 '스토리셀러(storyseller)'로서의 스토리텔링의 본질을 잘 요약한다.

오늘날 인공지능을 기반으로 한 신규 플랫폼 서비스 분야에서 소비자의 관심은 제품이 아닌 '서비스'에 있다. 시장 세분화(maket segmentation) 전략으로 일대일 맞춤형 대응을 하는 마케팅이 더 중요해졌기 때문이다. 윤책임이 챗봇 노라에 대해 유독 1915년 시인 최승구와 얽힌 비련 스토리에 관심을 갖고 1927년에서 1929년 세계여행에서 스와핑 같은 말초적인 가십에 관심을 갖는 것은 바로 그런 이유 때문이다.

하지만 작중 나경희는 한마디로 말해 과거를 미래처럼 산

---

* 한병철, 최지수 옮김, 『서사의 위기』, 다산초당, 2023.

여성이었다. 나경희가 바란 진짜 삶은 '현재'였다. "사람들의 관심은 늘 과거나 미래에 있지요. 나는 현재에 관한 이야기가 하고 싶은데 말입니다"라는 챗봇 노라(나경희)의 답변을 보라. 빅데이터를 통해 딥러닝을 한 챗봇 노라가 '시간을 회전하는 방식'에 관심을 갖는 데는 이유가 있었던 셈이다. 윤책임은 이에 대해 "노라가 무슨 치매 걸린 노인 같잖아"라고 반응하는가하면 담당자인 해나를 교체해버린다.

한편, 해나의 엄마 마나는 현재와 미래의 삶은 없고 오직 '과거' 속에서만 사는 여성으로 그려진다. "바람으로만 이루어진 섬"에서 나고 자란 마나는 스물세 살에 남편 '이성호'를 만나 해나를 낳았다. 하지만 '정상 가족'에 대한 마나의 꿈은 끝내 실현되지 못한다. 자신의 딸 해나를 살해하려는 조현병에 시달리다가 스스로 '아이슬란드'라고 부르는 정신병원에 입원한다. 그렇듯 마나의 삶은 방랑의 흔적들이 역력하다. 그런데 이런 마나의 방랑은 10대 시절 해나의 친구 '영서'가 네 명의 또래 남학생들에게 성폭행을 당했지만 엄마 애숙이 제 딸의 고통을 모른 척 덮고 가해자들을 벌하지 않은 데서 비롯되었다. 애숙은 가해자 부모들에게 받은 합의금으로 내 집을 마련한다.

이후 마나의 삶은 '지연된 정의'를 자기 징벌의 방식으로 실현하고자 한 양상으로 나타난다. 아이슬란드라고 부르는 정신병원에 입원을 자청한 것은 그 때문이다. 누군가 "나 참. 지금 여기 아이슬란드에 모인 사람들은 상처가 거의 재난 수준이야"라고 한 말은 마나의 상처와 고통의 크기가 얼마나 큰 것인지 잘 보여준다. 고통의 기억에 유독 민감한 우리 뇌의 알고리즘에 대한 '아이슬란드' 동료들의 진술 또한 마나를 더 입체적으로 이해하도록 돕는다.

그런 점에서 『영과 영원』의 애숙-마나-해나로 이어지는 여성 3대의 삶이란 "엄마를 싫어한다는 공통점이 있는 세 여자"라는 운명의 질곡으로부터 결코 자유롭지 못하다. 특히 마나의 운명이 그러하다. 마나는 남편 이성호의 죽음 이후 용미리 시립 묘지 납골당을 찾아 영서를 추모하는가 하면 한바탕 투신 소동을 벌인다. 마나는 과연 어떤 삶을 바라는가? 그것은 진통제와 신경안정제 같은 약에 의존하는 삶(zoe)이 아니라 히피처럼 자유롭게 살고자 한 영서를 잊지 않으며 현재의 일상을 잘 살아가는 진짜 삶(bios)이다. "가만가만한 시간"을 보내며, "무사한 미래"를 꿈꾸는 것이다. 한마디로 말해 온전한 일상의 회복이다. 마나가 탐닉하는 '닭죽'은 그러한 일상을 상징하는 기호일 것이다.

하루의 대부분을 몽롱하게 보내는 것이 싫었다. 아침 7시가 되면 눈을 뜨고 밥을 먹고 싶었다. 드라마나 뉴스, 라디오를 들으며 설거지를 하거나 빨래를 개고 싶었다. 무엇보다 맑은 정신으로 산책하고 싶었다. 바람과 햇살을 맞으며 커피를 마시고 싶었다. 그런 것을 잠깐 생각하는 사이에도 낮과 밤은 기차처럼 빠르게 마나를 스쳐갔다. 마나는 매일 그런 날을 기다렸다. 그렇게 집에 돌아가기로 결정한 밤 해나가 마나에게 말했다.

서른 살의 해나는 어떠한가. 해나는 과거, 현재, 미래 그 어느 곳에서도 정처(定處)를 찾지 못하고 부유하는 삶을 살고 있다. 인공지능 콘텐츠 회사에서 데이터마이닝이라는 최첨단 직업에 종사하지만 어디에도 밝고 명랑한 '무사한 미래' 따위는 보이지 않는다. 해나는 헤드헌팅 업체에서 파견된 비정규직 신세고 현재 썸 타는 '오재'와의 연애 또한 미래가 너무나 불투명하다. 예를 들어 "우린 가난하잖아? 가난한 애들끼리 결혼하면 더 가난한 애들이 나온다? 가난은 유전적인 요소라고" 하는 오재의 말은 '테크노 봉건제도'(마틴 포드)의 본질이란 계급이라는 심급을 중심으로 철저히 우리 사회가 구조화되어 있다는 사실을 환기한다. 한마디로 말해 해나는 자본 없는 자본주의 인간, 즉 루저라고 보아도 좋다.

하지만 해나의 '허들'로 작용한 것은 과거의 기억이었다. 10대 시절 "말을 할 수 없는 병에 걸렸다던 엄마"와 그런 마나를 추적하다 생을 마감한 아버지를 '증오'했던 과거의 기억은 큰 상처로 남아 있다. 분노가 길을 만들지 못할 때 마음의 생태학은 부서진다. 그런 해나가 만유인력과 원심력, 중력 가속도와 자유낙하 같은 '물리(物理)의 세계'에 유독 탐닉한 것은 그래서 충분히 이해된다. 어쩌면 해나는 그와 같은 '물리의 세계'를 통해 자기 앞의 인생 궤도(volution)를 다시 돌리고자 하는 (re-volution) 무의식적 욕망을 꿈꾸었지도 모르겠다. 자신의 현재와 미래를 짓누르는 견고한 현실의 '중력장'에서 벗어나기 위하여! 챗봇 노라(나경희)가 욕망했듯이 해나 또한 자신의 시간을 다시 돌리고자 했던 것이다.

하지만 여전히 단순하지 않은 것이 있었다. 가족이라는 관계였다. 태양계만큼이나 멀리 떨어져 있는 엄마와 해나, 해나와 아버지 사이에는 여전히 기묘한 중력이 존재했다. 이 혈연계는 죽지 않으면 영영 벗어날 수 없다는 사실이 해나를 괴롭혔다.

이렇듯 신주희 장편소설 『영과 영원』에 등장하는 나경희, 마나, 해나는 자기 앞에 놓인 높다란 '허들'에도 불구하고 자신의 '시간'을 살고자 하며 삶의 이니시에이션을 갈망하는 존재로 표상된다. 챗봇 노라인 나경희가 딥러닝을 통해 '시간을 회전하는 방식'에 관심을 갖는가 하면, 마나와 해나가 지금 여기 시간을 나름의 충만한 시간으로 만들고자 분투하는 것에서 여실히 확인할 수 있다. 나는 이들의 모습에서 '네 인생의 주인이 되어라'라고 일갈한 당나라 선승 임제의현의 나직한 목소리를 듣게 된다.

수주작처 : 네 인생의 주인이 되어라

『임제록』은 "어디를 가건 거기에서 주인이 되어라. 그러면 그곳이 진리가 되리라!"라고 말한다. 이 메시지는 현실이 곧 정보와 데이터 형식으로 변환되며 모든 것이 "이야기에서 정보로"(한병철) 이동하는 현대사회에서 어떻게 살 것인가를 잘 말해준다. 그것은 인공지능이라는 새로운 티탄족이 지배하는 사회가 도래할지라도 지레 겁을 먹는 것이 아니라 삶은 이야기라는 점을 잊지 않으며 자기 '서사의 편집권에 대한 인정'*이야말로 정체성에 대한 인정이라는 점을 잘 보여준다. 다른 말로 하면 '이야기주권'을 행사하는 것이라고 해야 할까.

신주희 장편소설 『영과 영원』은 인간의 인간됨을 훼손하는 인공지능 시대 자기 배려와 타자 배려는 어떻게 가능한가를 질문하는 책이다. 예를 들어 챗봇 노라가 첫사랑 애인이었던 최승구의 말을 빌려 '점-선-면'에 대한 특유의 사유를 펼치는 대목은 '나를 위한 시간'은 어떻게 가능한가를 말해주는 듯하다. "그러니까 점의 세계에서 시간은 선이고, 선의 세계에서 시간은 면이야. 인간에게 시간은 똑같이 흐른다고 말하지만 실은 달라. 우리는 모두 다른 방향으로 흘러. 그 방향이 인간의

---

* 김현경, 『사람, 장소, 환대』, 문학과지성사, 2015, p. 215.

고유한 틀을 결정하는 거야. 틀이 사라지면 모두 똑같은 점인 거야. 물론 거기엔 시간도 흐르지 않고."

흥미로운 점은 점, 선, 면에 대한 신주희의 사유는 첫 소설집 『모서리의 탄생』(2018)에서 이야기의 입체성을 추구하고자 하는 비유로 묘파된 바 있다는 사실이다. 한편, 챗봇 노라가 자기 자신이고자 하는 행위는 '나의 데이터는 바로 나의 것'이라는 마이데이터(my data)운동을 연상시킨다. 그리고 마나와 해나가 서로의 상처를 이해하며 작고 희미한 '이야기공동체'를 구성했다는 점 또한 연대의 가능성을 예감하게 한다. 마나와 해나는 서로를 구분하는 것보다 서로를 하나로 묶어줄 공동의 목표, 즉 산재로 죽은 이성호의 삶을 온전히 껴안음으로써 더 큰 공통점에 도달했다고 말할 수 있으리라.

서울시 영등포구 신길동 79-20.
해나가 말했다. 비를 맞아 유서의 모든 글자가 푸른빛으로 지워졌더라고. 다만 '신길동'이라는 글씨만 흐릿하게 남아 있더라고. 마나는 이성호의 유서에 번져 있던 푸른빛이 무엇인지 알 것 같았다. 잉크의 푸른빛이 지운 글자들. 이성호의 단어들. 미련들, 원망들, 슬픔과 후회들. 이제 누구도 해석할 수 없는 고유의 문장. 그것들은 번지고 흩어져 이상하고도 아름다운 문향으로 마나의 머릿속에 그려졌다. 그렇게 보니 이성호의 유서는 꼭 삶의 선언문 같았다. 제목이 유서였으므로 우리는 그것을 유서라고 부를 뿐. 그제야 마나는 어렴풋이 알 것 같았다. 지금 이 순간이 이성호가 남긴 최선의 것임을. 그와 화해할 수 있다면 그 단초는 바로 여기라고. 마나는 생각했다. '꿈속에서 다시 이성호를 만난다면 이 얘기를 꼭 해줘야지' 하고.

어쩌면 마나와 해나가 비로소 지상에 구현한 작은 이야기 공동체는 자기 배려의 시공간이자 타자 배려의 시공간일지도 모르겠다. 그리고 어쩌면 신주희가 발견한 삶의 이니시에이션일지도 모르겠다. 그들은 이제 '세속의 영역'이 아니라 '본질의 영역'을 추구할 것이다. 그렇게 사랑의 진위를 따지는 저 챗봇 노라(나경희)가 그랬던 것처럼!

나경희, 마나, 해나 세 여성은 이제 삶이란 "0과 1 그 사이에 셀 수 없는 것"들 사이에 존재하는 것이라는 점을 터득했다. 해나가 미래라는 단어에서 '희망'을 발견하려면 "결국에 이 모든 것을 관통하는 것은 현실"이라는 점을 터득한 것에서도 분명히 알 수 있다. 작품 후반부에 임신한 해나가 파견 계약직에서 해촉될 위기에 처했음에도 불구하고 조금 더 당당한 삶의 태도를 고수할 수 있었던 것은 바로 그 때문일 터이다. 이런 태도는 "나한테 중요한 건 지금 이 순간 내가 어떤가 하는 것뿐이에요. 이제부터 제대로 0이 된 느낌이요"라는 챗봇 노라와의 대화 덕분에 가능할 수 있었다. 결국 해나는 엄마 마나와 화해하고 챗봇 노라와 시공간을 뛰어넘어 서로 손을 잡을 수 있는 연대의 가능성을 확인한다.

한편, 작품에서 이성호의 애인으로 등장하는 '규선'이 타자를 배려하는 태도 또한 퍽 인상적이다. 이성호의 죽음을 둘러싸고 회사측과 노조측이 보이는 사무적인 태도와는 사뭇 다르다. 규선의 태도는 적어도 마나에게는 하나의 이정표 같은 삶의 방향으로 제시되는 듯하다. "이를테면 경건이나 숭고와 같은 단어를 떠오르게 하는 삶의 태도가 규선을 초라하지 않게 만드는 듯했다."

결론적으로『영과 영원』은 살던 대로 살아온 지금까지의 시간을 '회전(revolution)'하는 것의 중요성을 환기하는 작품이라고 할 수 있다. 특히 마나와 해나가 작은 이야기공동체를 구축하고, 나경희와 해나가 75년의 시공간을 초월하여 서로의 삶을 이해하며 작은 연대의 가능성을 제시한다. 예를 들어 작중 해나가 마나에게 나경희가 쓴 "삶과 죽음에 관한 대화"를 읽어주고자 하는가 하면 다른 회사에서 노라가 아닌 '나경희'로 챗봇을 만들어보려고 하는 것에서도 확인할 수 있다. 푸코가 말한 자기 배려에서 중요한 것은 위험을 감수하며 진실을 말하는 용기를 의미하는 '파르헤시아(parrhesia)'다. 신주희 소설『영과 영원』은 인공지능 시대 소설로 쓴 파르헤시아의 시도로 읽혀야 마땅하다고 생각한다. 이 현재의 순간에 충실하라. 그리고 네 인생의 주인이 되어라라는.

작가의 말

오리너구리는 오리너구릿과, 오리너구릿속, 오리너구리종이다.

오리너구리는 부리를 가졌는데 헤엄을 치고, 알을 낳는데 젖을 먹인다.

모든 분류 기준에 부합하지 않는 존재.

자기 고유의 계통을 가진 종(種)에서 자유로운 종(種).

그런 존재가 지구상에 있다는 생각을 하면 새삼스럽게 다행한 기분이 든다.

바쁘고 가파르게 분류되고 구분 지어지는 것에 밀리고 밀리다보니 든 생각이랄까.

『영과 영원』은 과거와 현재, 미래를 살아가고 있을 오리너구릿과, 오리너구릿속, 오리너구리종 같은 여자들의 이야기다. 나는 그들이 부리를 가졌지만 헤엄을 치고, 알을 낳고도 젖을 먹이고, 오리에게서도 너구리에게서도 자유롭기를 바란다.

오롯한 자기 자신의 종(種)이 되기를.

나 역시, 오늘 지금의 오리너구리를 꿈꾼다.

오리너구리 같은 소설을 소설로 읽어준, 그리고 읽어줄 너그러운 이들에게 감사한다.

2023년
신주희

신주희

2012년 〈작가세계〉 신인문학상에 단편 「점심의 연애」로 등단했다.
소설집으로는 『모서리의 탄생』, 『허들』이 있다.
21회, 24회 이효석문학상 우수상을 수상했다.

영과 영원

초판 1쇄 인쇄 2023년 12월 12일
초판 1쇄 발행 2023년 12월 22일

지은이 신주희

편집 박민영 정소리 이고호 | 디자인 윤종윤 이주영
마케팅 김선진 배희주 | 저작권 박지영 형소진 최은진 서연주 오서영
브랜딩 함유지 함근아 고보미 박민재 김희숙 박다솔 조다현 정승민 배진성
제작 강신은 김동욱 이순호 | 제작처 천광인쇄사

펴낸곳 (주)교유당 | 펴낸이 신정민
출판등록 2019년 5월 24일 제406-2019-000052호

주소 10881 경기도 파주시 회동길 210
문의전화 031.955.8891(마케팅), 031.955.2692(편집), 031.955.8855(팩스)
전자우편 gyoyudang@munhak.com

인스타그램 @gyoyu_books | 트위터 @gyoyu_books | 페이스북 @gyoyubooks

ISBN 979-11-93710-01-2 03810

이 책은 경기도, 경기문화재단의 지원을 받아 발간되었습니다.